曲芸師ハリドン

ESPERANZA

ヤコブ・ヴェゲリウス 作　菱木晃子 訳

あすなろ書房

曲芸師ハリドン

もくじ

1　ハリドン

その子はハリドンといって、曲芸師《きょくげいし》だった。

一輪車に乗るのと、銀色の球をいくつもいっぺんに操《あやつ》るのが得意だった。

お客が喜んでくれて、自分もその気になったときは、ふたつの技《わざ》を同時にしてみせることもあった。それでもハリドンは、けっしてころばなかった。けっして球を落とさなかった。

ハリドンは曲芸師《きょくげいし》だった。

毎日、午後になると、ハリドンは市《し》庁舎《ちょうしゃ》広場の屋内マーケットの前で芸をした。

通行人は足を止め、地面に置かれた紙

箱に小銭《こぜに》を投げ入れる。箱いっぱいにお金がたまる日もあれば、小銭《こぜに》が底にほんのひとにぎりという日もあった。

その日は、まあまあだった。市庁舎《しちょうしゃ》の時計が五時半を打ったとき、箱にはもう半分以上、小銭《こぜに》がたまっていた。

ハリドンはお金をジャケットのポケットにつっこみ、一輪車をかつぐと、マーケットの中へ入っていった。

建物の中は暖《あたた》かく、薫製肉《くんせいにく》や港から届《とど》いたばかりの新鮮《しんせん》な魚、遠い異国《いこく》から船で運ばれてきたスパイスの強烈《きょうれつ》なにおいが立ちこめていた。

ハリドンは迷路《めいろ》のような細い通路を歩いていくと、ジャムを売っている店の前で足を止めた。そして丹念《たんねん》に品定めしてから、オレンジ・マーマレードをひと瓶《びん》買った。

ラベルに、『オールド・コーンウォール』とある。どういう意味なのか、ハリドンにはわからなかったが、〈船長〉が好みそうな名前のように思えた。

ハリドンはマーマレードをプレゼント用の紙に包んでもらうと、お金をはらった。

マーケットを出ると、ロング通りの停留所《ていりゅうじょ》から路面電車に乗った。電車は町の高台へ、ガタゴトと大きくゆれながら坂をのぼっていく。

ハリドンは、手すりをぎゅっとにぎりしめた。

外は暗くなりかけていた。街灯に明かりがともり、人々《ひとびと》が寒そうにコートの襟《えり》を立て、足早に歩道を行きかっている。

ハリドンは、ただぼんやりと窓《まど》の外をながめていた。車内の暖《あたた》かさに眠気《ねむけ》をもよおし、手すりに頭をもたせかけると、電車の振動《しんどう》がつたわってきた。

突然《とつぜん》、はっとした。

窓《まど》ガラスに映《うつ》っている自分の顔が、目に入ったのだ。天井《てんじょう》の黄色っぽい蛍光灯《けいこうとう》の光をうけて、いつにもまして不気味に見えた。

同時に、ハリドンは前の席にすわっている乗客たちが、自分を見ていることに気がついた。買い物袋《ぶくろ》や書類カバンを膝《ひざ》にのせ、何気ないふうをよそおっているが、ハリドンにはわかっていた。

人はいつもおれを見ている。おれのつりあがった目と、大きな耳と、ブタのようにつぶれた鼻を。

ときには指をさし、声をあげる人もいた。「見て。あの子、変な顔！」

背中《せなか》の方でひそひそとささやいている人たちは、ハリドンがふりむくと、あわてて目をそらした。

だから、ハリドンは人ごみの中にいるのが好きじゃなかった。

でも、曲芸をしているときは別だった。人はハリドンの芸だけを見ていて、ほかのことは目に入らない。ハリドンには、そのことがよくわかっていた。

長い坂道をあがりきった曲がり角で、ハリドンは電車をおりた。そして一輪車にまたがると、車内での不快《ふかい》な気分をふりはらうように、スピードをあげて走りだした。

このあたりではもう、通りに人影《ひとかげ》がなかった。夕食のテーブルをかこむ家族の姿《すがた》が、窓《まど》ごしに見える家もあった。

ハリドンは、ふと考えをめぐらせた。今日の夕飯はなんだろう？　魚のフライかな。〈船長〉、このごろ魚のフライはあんまり作っていないからな。

それから、こんなことも考えた。〈船長〉にマーマレードをプレゼントするのは、食事のあとにしよう。そうすれば、甘《あま》いマーマレードをデザートがわりになめられる。そしてコーヒーを飲んで、ジン・ラミー（ふたりでするトランプゲームの一種）をひと勝負して……。

家の前までくると、ハリドンは一輪車から飛びおり、いちばん上の階まで階段《かいだん》をいっきにかけあがった。

階段《かいだん》はミシミシときしんだ。

ドアのとってをまわすと、鍵《かぎ》がかかっていた。

〈船長〉はいない。

ハリドンは一瞬《いっしゅん》がっかりしたが、鍵《かぎ》をあけて暗い玄関《げんかん》の中に入った。

一輪車をフックにかけ、流しの横からマッチ箱をとると、テーブルの上にぶらさがっているランプに手が届《とど》くように、椅子《いす》の上によじのぼった。

〈船長〉は、使ったマッチ棒《ぼう》を箱にもどす癖《くせ》がある。ハリドンはマッチ棒《ぼう》を箱からとりだしてはこすり、とりだしてはこすりして、何本目かでやっと火をつけることができた。

ランプに火を移《うつ》すと、温かい光が部屋《へや》じゅうにふわっとひろがった。

部屋《へや》はせまいが、きちんと片《かた》づいている。

〈船長〉が「船のキャビンを思いだすなあ」と、ときおりつぶやくことがある部屋《へや》。ひとつひとつの物がそれぞれの場所におさまり、うまくおさまらない物はロープを通して、天井《てんじょう》に打ちつけたフックにつるしてある。

〈船長〉は、しゃれたことを思いつくのが得意だった。

ハリドンは椅子《いす》からおりると、薪《まき》ストーブをさわった。まだ温かい。〈船長〉は出かけたばかりみたいだ。

ハリドンは玄関《げんかん》の外に置いてある、大きな薪箱《まきばこ》から薪《まき》を数本とってくると、ストーブにくべた。そして、薪《まき》がパチパチと燃《も》えだすのを待ってジャケットを脱《ぬ》ぎ、夕食の前にソーセージでもかじろうと、食糧棚《しょくりょうだな》の扉《とびら》をあけた。

鍋《なべ》が置いてあった。ふたにメモがはさまっている。

エッラ・ヤンソンのところへ行ってくる。
追伸《ついしん》　おいしくできているといいのだが……。

鍋《なべ》の中には、ひとり分の魚のフライとゆでた豆とジャガイモが入っていた。

ハリドンはため息をつき、鍋《なべ》をコンロにのせて温めた。ひとりで食べるのは、つまらない。でも、〈船長〉はもうすぐ帰ってくるだろう。エッラのところへ行っておそくなることは、けっしてないからだ。

エッラは、近所のジャズバーの女主人だった。〈船長〉はときどきエッラの店へ行き、おしゃべりをしたり、レコードを聴《き》いたりするのだ。

魚のフライは、おいしかった。

ハリドンはテーブルを片《かた》づけ、食器を洗《あら》うと、ラジオをつけた。ダンス音楽を

流しているチャンネルにあわせ、ハンモックに横たわった。

ジャズは好きではなかった。ジャズはどこか物悲しい感じがする。ダンス音楽のほうがずっとましだ。

寒い外で一日働いたので、体はとても疲《つか》れていた。

眠《ねむ》りに落ちていきながら、ハリドンは〈船長〉が帰ってきたら、マーマレードをわたそう、〈船長〉はきっと喜んでくれるだろう、と思った。

2 真夜中

ハリドンは目をあけると、すぐにハンモックの上にすわりなおした。

あたりは暗い。一瞬《いっしゅん》、自分がどこにいるのかわからなかった。心臓《しんぞう》がどくどくと脈打ち、胃のあたりに冷たさを感じた。夢《ゆめ》を見た。いつもと同じ夢《ゆめ》。もう何度、見たことだろう。

――雪が降《ふ》っている。ハリドンは駅にいる。プラットホームを必死に走っている。動きだした列車を追いかけている。列車には、〈船長〉が乗っている。窓《まど》のむこうに、〈船長〉が見える。悲しそうな目をしている。遠くを見ているその目に、ハリドンの姿《すがた》は映《うつ》っていない。ハリ

ドンはありったけの声でさけぶが、〈船長〉には聞こえない。列車はスピードをあげて走り去る――。

夢《ゆめ》の中の残像《ざんぞう》が目の前からすっと消えると、ハリドンは暗闇《くらやみ》を見まわし、耳をそばだて、においをかいだ。

ラジオからかすれた音がする。薪《まき》ストーブからは、消えかけた炭のにおいがする。青白く細い月の光の帯が、窓《まど》からさしこんでいる。遠くで鐘《かね》が鳴っている。

ハリドンはハンモックのふちから足をのばして、床《ゆか》にすべりおりた。床板《ゆかいた》は冷たく、かたい。足音をたてずにテーブルをまわり、〈船長〉の寝室《しんしつ》の半開きのドアへ近づいた。

中からは、寝息《ねいき》もいびきも聞こえない。

静寂《せいじゃく》。

ハリドンはそっとドアをあけ、中をのぞいた。

とたんに、大きな衣装戸棚《いしょうとだな》が黒い影《かげ》のように浮《う》かびあがった。そのむこうにベッドがある。寝具《しんぐ》は、きちんと整えられている。〈船長〉はいない。

ハリドンは暗闇《くらやみ》の中で棒立《ぼうだ》ちになった。寝起《ねお》きではっきりしない頭の中に、恐《きょう》怖《ふ》と不安が入りまじる。

おかしい。〈船長〉は、とっくに帰ってきていてていいはずだ。もうすぐ十二時じゃないか。どこへ行ったんだろう？

ハリドンは気持ちをおちつけて、寝《ね》ているあいだに消えてしまったランプにもう一度、火を入れた。

ほの明るい光が、おそろしい闇《やみ》を部屋《へや》のすみへ追いやってくれる。ハリドンは胃のあたりに、ゆっくりと温かさがもどってくるのを感じた。

胸騒《むなさわ》ぎがしたのは、あの夢《ゆめ》のせいだ。〈船長〉なら、まだエッラの店にいる。きっともうすぐ帰ってくる！　そしたらいっしょにお茶を飲んで、夜食のサンドイッチを食べよう。食べながら、〈船長〉はなにをしてきたか、話してくれる。夜おそく帰ってきたときは、いつもそうするように……。

ハリドンはやかんに水を入れるとコンロにかけ、それからテーブルの椅子《いす》に腰《こし》をおろした。

テーブルの上にのっているのは、これといって変わった物ではない。〈船長〉のバインダーとノート、けっして吸《す》うことのないパイプ、そしてトランプ。

ハリドンはトランプを切って、一人遊びをはじめた。

ちょうど一回おわったところで、お湯が沸《わ》いた。

ハリドンはコンロのスイッチを切ると、テーブルのまわりをぐるぐると歩きまわった。

椅子《いす》にすわると、もう一度トランプをひろげた。少しズルをしてみたが、今度はなかなかあがらなかった。

そのとき、下の通りで足音がした。

ハリドンははっとして、〈船長〉の重たい靴音《くつおと》が階段《かいだん》に響《ひび》いてくるのではないか、と耳をそばだてた。

だが、靴音《くつおと》はひとつ響《ひび》くたびに、通りを歩いていく別の人のものだとわかった。

十二時を知らせる鐘《かね》の音が聞こえてくると、ハリドンは椅子《いす》から立ちあがり、ベランダのドアをあけた。

冷たい空気が秋と港のにおいを運んでくる。眼下《がんか》にひろがる町の通りに人影《ひとかげ》はなく、人々《ひとびと》が寝静《ねしず》まっているのがわかる。ところどころ明かりがともる窓《まど》は、暗《くら》闇《やみ》の中で謎《なぞ》めいた赤い光をはなっている。

折り重なる屋根のむこうには、港が見える。埠頭《ふとう》に停泊《ていはく》している大型船の黒い煙突《えんとつ》が数本。突堤《とってい》の先端《せんたん》には、灯台がそびえている。そこから先は見わたすかぎり、海、また海だ。

ハリドンはベランダの手すりへ歩みより、闇《やみ》の中に耳を傾《かたむ》けた。

エッラ・ヤンソンのジャズバーがあるのは、わずか数ブロック先だ。ということは、ここまで音楽が聞こえてきてもいいはずだ。

路面電車が通ると、犬がほえた。遠くの方では、言い争う声がする。だが、音楽は聞こえない。

こんなおそい時間だ、バーもさすがにしまっただろう。だとしたら、どうして〈船長〉は帰ってこないのか……。

ハリドンはベランダのドアをしめると、少しのあいだ、どうしたものかと部屋《へや》の真ん中につっ立っていた。

心配する理由などなにもない。〈船長〉はいつも、ちゃんともどってきたじゃないか。

ハリドンはそう自分に言いきかせたが、胃のあたりにひっかかる冷たいものを完全にかき消すことができなかった。夢《ゆめ》の中からずっとひきずっているおそろしい感情《かんじょう》が体の中に潜《ひそ》んでいて、それを外へおしだせないでいる。

突然《とつぜん》、ハリドンは着替《きが》えはじめた。

〈船長〉がプレゼントしてくれたウォーキングシューズが、玄関《げんかん》に置いてある。新しくて、とてもいい靴《くつ》だ。だが、ハリドンはそれをそのままにして、かわりにいつものはき古した曲芸用の靴《くつ》をはくと、壁《かべ》から一輪車をとった。そして玄関《げんかん》を出てドアをしめ、鍵《かぎ》をかけた。

天井《てんじょう》の蛍光灯《けいこうとう》が、また切れている。すりへった階段《かいだん》を照らすのは、隣《となり》の家のドアの下からもれてくる細い糸のような光だけだ。

ハリドンは両手で壁《かべ》をさわりながら階段《かいだん》をおりていき、表のドアをあけると、夜の闇《やみ》へ飛びだした。

ハリドンは一輪車にまたがり、暗くさみしい裏通《うらどお》りを走っていった。人目につかぬように、街灯や明かりのともるショーウインドウを避《さ》けて。小さな者にとって、夜の町は危険《きけん》がいっぱいだからだ。

もちろん、ハリドンは用心しなければならないことは知っていた。それは、ハリドンが〈船長〉と知りあう前から身につけていたことだ。

あのころ、ハリドンはひとりぼっちで国じゅうを旅していた。自分の芸にお金をはらってくれる人がいるところなら、どこへでも歩いて出かけた。町、村、通り、広場、遊園地、市場——スポットライトの熱さにも、春先の湿《しめ》った風にも、ハリドンは耐《た》えた。

わずかな持ち物は、ハンモックの中に入れて歩いた。ハンモックはハリドンの寝床《ねどこ》であり、カバンであり、家だった。

たまに運がいいときは、サーカス団《だん》といっしょに何日か旅公演《たびこうえん》ができることもあった。

サーカス団《だん》には道化師《どうけし》、ヘビ使いの女、手品師《てじなし》、腹話術師《ふくわじゅつし》、アクロバット・チームを組んでいる太っちょたちなど、いろんな人がいた。その中でハリドンはいつも自分の殻《から》に閉《と》じこもり、だれに対しても心を開くことはけっしてなかった。それで、うまくいった。

やっかいなのは、ずるがしこいサーカス団長《だんちょう》にだまされたり、意地悪な子どもにからかわれたり、警官《けいかん》や警備員《けいびいん》に追いはらわれたりすることだった。

ハリドンはこれまでに、悪い人間にたくさん出会ってきた。そこで身につけた教えは、「他人を信用しないのが身のため」というものだった。

ハリドンは途中《とちゅう》だれに出くわすこともなく、数分後には、薄暗《うすぐら》い路地の角を曲がっていった。その夜は、人が外を歩きたくなるような、気持ちのいい夜ではなかった。

路地の両側にたちならぶ店の明かりは消えているが、エッラのジャズバーはまだあいているようだ。ドアの上に青いランプがぼんやりとともり、壁《かべ》を通して中の音楽が聞こえている。

ハリドンはバーのむかいの、街灯の光が届《とど》かない暗がりで一輪車を止めた。そしてそこから、路地のむこうのガラス窓《まど》の中をうかがった。

店の中に入るつもりはなかった。〈船長〉がエッラのところにいるとわかりさえすれば、それでよかった。それをたしかめたら、すぐに家へ帰って寝《ね》るつもりだった。

けれども、〈船長〉の姿《すがた》は見えなかった。ほかの客もいない。いるのはエッラだけだ。

エッラは、なにも置かれていないテーブルを丁寧《ていねい》にふいている。レコードにあわせてうたっている鼻歌が、かすかに聞こえる。『夜の赤い帆船《はんせん》』だ。〈船長〉もたまに口ずさむ歌だ。

ハリドンは少しだけガラス窓《まど》に近づくと、つま先立ちになった。それでも、奥《おく》の方の席はよく見えない。

突然《とつぜん》、エッツラがふりむいてハリドンに目をとめた。

エッツラはすぐにドアをあけ、顔をだした。

ハリドンは「あっ」と口をあけたまま、その場につっ立っていた。

「ハリドン！」エッツラは驚《おどろ》いたように言った。「やっぱり、あなたね。どうしたの、こんなにおそく」

ハリドンは肩《かた》をすぼめた。「ちょっと一輪車でひとまわりして……」

「よっていかない？」

ハリドンは、ためらいがちに体をねじった。

「さあ早く。冷たい空気が入っちゃうわ」

エッツラにうながされて、ハリドンは店の中へ入った。そこは暖《あたた》かく、焼きたてのパンの香《かお》りがした。

エッラは両手をエプロンでふいた。バーのマダムというよりも、ふつうのおばさんに見えた。丸くて青白い頬《ほお》の、淡《あわ》い色の目をしたエッラおばさん。

「ココアを飲もうと思ってたところなの。あなたも飲む？　シナモンパンもあるのよ。ちょっと待ってて。オーブンからだしてくるから」エッラはそう言うと、キッチンへつづくバネ扉《とびら》のむこうへ消えた。

ハリドンは、そばの椅子《いす》に腰《こし》をおろした。

小さなバーは居心地《いごこち》がよい。すみにプレーヤーが置いてあり、その上の棚《たな》にエッラが集めたレコードがならんでいる。百枚《まい》はあるだろう。

反対側の花柄《はながら》の壁《かべ》には、額《がく》に入ったアメリカのジャズスターの写真がぎっしりと飾《かざ》られている。これもエッラのコレクションだ。

写真のことを質問《しつもん》すれば、エッラはひとつひとつ、くわしく語ってくれるだろう。一度もアメリカへは行ったことはないのだが、ニューオリンズやシカゴの有名なジャズバンドについて、エッラはなんでも知っていた。

エッラがココアとシナモンパンをお盆《ぼん》にのせて、もどってきた。

Jazz star
BLUES
RON JORDAN
LLA
ZGERALD

「いただきます」ハリドンはそう言うと、湯気の出ているココアをひと口飲んだ。

エッラはしばらくのあいだ、だまってすわっていたが、やがて口を開いた。

「〈船長〉、きてたんだけど。ずいぶん前に帰ったわ。さがしてるんでしょ、〈船長〉を?」

ハリドンは返事をせずに、ココアをまた少し飲んだ。

ふたりは、だまりこんだ。

エッラはレコードをかけかえると、ふたたび口を開いた。「さっき、〈船長〉とね、夢《ゆめ》についていて話したのよ。やってみたいなあって、夢《ゆめ》見ていることについて。〈船長〉は、劇場《げきじょう》の支配人《しはいにん》だったんですってね。ちっとも知らなかったわ。ねえ、びっくりよ。〈船長〉がれっきとした劇場《げきじょう》の支配人《しはいにん》だったなんて。きっと、実現《じつげん》したい夢《ゆめ》がたくさんあったはずね」

ハリドンはうなずいた。

「それで、あなたもその劇場《げきじょう》の芸人のひとりだったんですって?」エッラは、ほほえんだ。「〈船長〉、そのことも話してくれたわ。そこで知りあったの?」

ハリドンは、もう一度うなずいた。

エッラは、ハリドンをじっと見つめた。ハリドンがなにか話しだすのを期待しているようだ。だが期待がはずれると、大きくため息をつき、自分のことを話しはじめた。

「あたしの夢《ゆめ》はね、アメリカへ行くことだったの。有名なジャズクラブを片《かた》っぱしから訪《たず》ねること。そしてスターに会うの。一度でいいから、行ってみたかった。そしたら、さっきね、〈船長〉がなんて言ったと思う？　『明日、すぐに飛行機のチケットを買いなさい。夢《ゆめ》は実現《じつげん》させるものだよ』って」エッラはそこまで話すと、片手《かたて》で頰杖《ほおづえ》をついた。「どうしようかしらねえ？　ねえ、どう思う？」

ハリドンは肩《かた》をすぼめて、シナモンパンにかじりついた。

エッラはそれを見て、話をつづけた。「ほんと、あなたの言うとおりよ。ここにいるのがいちばんなのよ。そんな長旅、めんどうなだけだもの。それに帰ってきたとき、がっかりするでしょ。もう、アメリカへ行ってきちゃったんだわって。そしたらその先、なんの夢《ゆめ》を見ればいいのよね？」

ハリドンはココアを飲みほすと、立ちあがった。「ごちそうさま」

「待って。シナモンパン、少し持っていって。〈船長〉が帰ってきたら、ごちそうしてあげて」エッラはそう言うとキッチンへ行き、袋《ふくろ》に入れたシナモンパンを持ってきた。

袋《ふくろ》は温かい。

ハリドンはもう一度、お礼を言った。そしてドアのところでふりかえり、エッラにたずねた。「〈船長〉、どこへ行ったと思いますか？」

「そうねえ、ちょっと楽しくなるところじゃない？」エッラはこたえた。「心配しなくて、だいじょうぶよ。それより、あなた、まっすぐ家に帰りなさいね。風邪《かぜ》ひくといけないわ」

ハリドンはこっくりとうなずくと、店を出てドアをしめた。

エッラはガラス窓《まど》のところに立って、ハリドンがパンの袋《ふくろ》をジャケットのポケットにしまうのを見ている。

ハリドンは一輪車にまたがると、路地のむこうへ消えていった。

3 〈船長〉の劇場《げきじょう》

　ハリドンは、どこといってあてもないままに、ゆっくりと一輪車をこいでいった。エッラと話したことで少しは気持ちがおちついたが、夜の町に出ていくとすぐにまた不安な感情《かんじょう》がもどってきて、胃のあたりが冷たくなった。

　気持ちを集中させて頭の中を整理しようとしてみたが、むだだった。かわりに頭に浮《う》かんだのは、『〈船長〉の劇場《げきじょう》』の記憶《きおく》だった。

　ハリドンが初めて〈船長〉と出会ったのは、もう何年も前のことだ。あの十月の朝のことを、ハリドンはとてもよく覚えていた。

そこは、内陸にある小さな町だった。

ハリドンがその町にたどりついたのは、東の空が白みはじめた時分だった。冬の寒さを避《さ》けたくて南をめざしていたハリドンは、ひと晩《ばん》じゅう暗い道を歩きに歩き、朝食のパンを買うために、たまたま立ちよったのだ。

パン屋の店先で、ハリドンは旅の顔見知りと出くわした。芸名を〈世界一のダメ男〉といった。旅芸人というのは、たいていみんな知りあいなのだ。少なくとも名前ぐらいは知っている。

「おれは、この町の劇場《げきじょう》にやとわれたんだぜ」気のいい〈世界一のダメ男〉は、ハリドンに言った。「『〈船長〉の劇場《げきじょう》』といってさ、オープンしたばかりなんだ。給料は安いし、舞台《ぶたい》はななめにかしいでいる。おまけに、支配人《しはいにん》は芝居《しばい》のことなんか、なにもわかっちゃいないときてる!」

〈世界一のダメ男〉はカカッと短く笑ったが、それでもハリドンに「おまえも仕事をもらえるぜ、おれについてこいよ」と誘《さそ》ってくれた。「芸人には仕事が必要だぜ」

劇場《げきじょう》の支配人《しはいにん》というのは、ハリドンがそれまでに会った、どの劇場《げきじょう》の支配人《しはいにん》とも似《に》ていなかった。オーデコロンの香《かお》りもしないし、派手《はで》な服も着ていない。早口でまくしたてたりもしない。おまけに、〈船長〉と呼《よ》ばれていた。

ハリドンが自分の芸を披露《ひろう》すると、〈船長〉はあごひげをなでながら、つぶやいた。

「うん。わたしの劇場《げきじょう》に、専属《せんぞく》の、腕《うで》のいい曲芸師《きょくげいし》がひとりいてもいいな」

その晩《ばん》、〈船長〉はハリドンの楽屋に釘《くぎ》を打って、ハンモックをつるすのを手伝ってくれた。

ハリドンの寝床《ねどこ》ができあがると、ふたりは舞台《ぶたい》の裏《うら》でいっしょにコーヒーを飲んだ。

〈船長〉は劇場《げきじょう》の将来《しょうらい》について、ハリドンに語った。自分がいかにすばらしい計画を持っているか、毎晩《まいばん》どんなにたくさんの客がやってくるか。

たしかに、〈船長〉にはたくさんのアイデアがあったし、実際《じっさい》にスケッチブックをめくって、描《か》きためたコンテやデッサンを見せてくれもした。

だが、ハリドンはなにも言わなかった。胸《むね》の中で、〈船長〉は夢《ゆめ》見る人で、夢《ゆめ》はいずれ、パイプから吐《は》きだされる煙《けむり》のように跡形《あとかた》もなく消える、と思っただけだ。

それでも、ハリドンは〈船長〉のことが好きになった。珍《めずら》しいことだ。ハリドンがこんなにすぐに他人を好きになったことは、これまでに一度もなかった。いや、あとになってもハリドンが他人を好きになることなど、けっしてなかった。ともあれ、『〈船長〉の劇場《げきじょう》』は、すぐにはパイプの煙《けむり》にはならなかった。とにかく、すぐにはならなかった。

劇場専属《げきじょうせんぞく》の芸人は八人いて、いつもいっしょに舞台《ぶたい》にあがり、みごとな芸を披露《ひろう》した。

〈船長〉もすばらしい夢《ゆめ》の実現《じつげん》のために、昼夜なく働いた。

ハリドンは、はじめのうちはそれまでと同じように、他人と距離《きょり》をおくようにしていた。

けれどもしばらくすると、舞台《ぶたい》がないときは暇《ひま》をもてあまし、〈船長〉の仕事を手伝うようになった。出納帳《すいとうちょう》のチェックをしたり、ポップコーンを注文したり、ロビーを掃除《そうじ》したり、舞台《ぶたい》の背景《はいけい》にペンキをぬったりするようになったのだ。

劇場《げきじょう》の外へ出かけていくことはめったになくなったが、劇場《げきじょう》のすみずみまで知りつくしているハリドンには、そのせま苦しさも、ほこりくささも、床板《ゆかいた》のきしむ音も、すべてが心地《ここち》よく感じられた。劇場《げきじょう》はとくべつな世界だった。知らない人のいない、よそ者がずかずかとふみこんでくる心配のない、心安らぐ場所だった。

月日は、そんなふうに流れていった。

劇場《げきじょう》の毎日は、同じことのくりかえしだった。

舞台裏《ぶたいうら》で〈船長〉と朝食を食べ、午前中はそれぞれに公演《こうえん》に備《そな》えて準備《じゅんび》をする。午後になると、開演《かいえん》とともにお客が期待に胸《むね》をおどらせてロビーに入ってくる。休憩時間《きゅうけい》、ロビーはにぎわい、お客が帰ったあとには静けさだけが残る。そして夜、〈船長〉とコーヒーを飲み、ジン・ラミーをしたりした。

もはや、つぎの日の心配はいらなかった。ハリドンは『〈船長〉の劇場《げきじょう》』で、幸せな三年の時をすごした。悪いことが起こるのではないかとつねに身がまえていなければならない緊張感《きんちょうかん》を、ハリドンは忘《わす》れかけた。

劇場《げきじょう》がパイプの煙《けむり》になったのは、あっというまのことだった。

ハリドンには、いまでもいったいなにが起きたのかよくわからない。

どうして、〈船長〉は劇場《げきじょう》に嫌気《いやけ》がさしてしまったのだろう。劇場支配人《げきじょうしはいにん》としての生き方は、〈船長〉が思い描《えが》いていたものとはちがっていたのだろうか。おそらく、昔からの夢《ゆめ》が日常《にちじょう》となったいま、新しい夢《ゆめ》を見なければならなくなったのだろう。

あれは、ある冬の朝のことだった。

ハンモックの中で目をさましたハリドンは、いつもとようすがちがうと直感し、すぐに楽屋を飛びだした。そして、がらんとしたロビーで〈船長〉を見つけた。〈船長〉は、荷物をつめた旅行カバンを持って、たたずんでいた。

「ハリドン……。いま、おまえを起こそうと思っていた。さよならを言おうと……」〈船長〉は灰色《はいいろ》の疲《つか》れきった顔で、静かに言った。「あと一時間したら、列車が出る。わたしはそれに乗っていくが、ハリドン、悲しむことはないぞ。劇場《げきじょう》なら、だいじょうぶだ。だれかが、わたしのかわりに支配人《しはいにん》となり、これまでのように成りたっていくだろう」

ハリドンは自分の楽屋へ走ってもどると、引き出しをひっくりかえして中の物をハンモックにあけた。片方《かたほう》のわきには、一輪車を抱《かか》えた。

一時間後、ハリドンと〈船長〉は西へむかう列車の座席《ざせき》にならんですわっていた。車窓《しゃそう》から見える薄暗《うすぐら》い冬のプラットホームには、はらはらと雪が舞《ま》っていた。

ふたりとも口をきかなかった。列車は

動きだし、ふたりは静かに運ばれていった。そして、しばらくのあいだ、ふたりであちこちをさまよったあと、この海辺の大きな町におちついたのだ。

ハリドンはこの町での暮《く》らしもそう悪くないとは思っていたが、それでもときどき、あの三年間をなつかしく思いだした。あまりのなつかしさに、胸《むね》が痛《いた》くなるほどだった。

〈船長〉も、劇場《げきじょう》をなつかしがっているように見うけられた。〈船長〉がそれを口にすることはなかったが、あの三年の日々《ひび》に思いをはせるとき、目の中にはいつもかすかに悲しみの色が浮《う》かぶのだった。

ハリドンはのぼり坂の真ん中で一輪車をこぐのをやめると、地面に足をつけた。そして、つまりはこういうことだと考えをまとめた。

〈船長〉はエッラに劇場《げきじょう》の思い出話をしていて、ふと悲しくなったのだ。ということは、行き先は公園……。

ハリドンは一輪車のむきを変えると、坂の下にひろがる町を見まわした。そう遠くないところ、折り重なる屋根のあいだに公園の木が見える。真ん中には小さな池があり、夏にはスイレンの花が咲《さ》く公園。

一度、ハリドンと〈船長〉は散歩の途中《とちゅう》、池のほとりの木の陰《かげ》の目立たないベンチでひと休みしたことがあった。

あのとき、〈船長〉は言っていた。「悲しいときや考えごとをしたいとき、たまにひとりでここにくることがある。公園のベンチは、考えごとをするにはもってこいだ」と。その言葉は、ハリドンの胸《むね》に深く残った。

知りあったときからずっと、ハリドンは〈船長〉が自分に話してくれたほとんどのことを覚えていた。覚えようとして覚えたというわけではなく、まったく自然に。

見あげれば、空には海から流れてくる薄《うす》い雲がかかっていた。月はぼんやりとしていて、色あせたしみのようだ。ときおり湿《しめ》った海風が家々《いえいえ》のあいだから吹《ふ》きあがり、そのたびに落ち葉が道の縁石《えんせき》にあたって、心細い音をたてる。しだいに風と風の間隔《かんかく》はせばまり、落ち葉の音もやまなくなった。

このぶんでは雪になるだろう。

ハリドンはジャケットのボタンを首もとまでとめると、いっきに坂をくだっていった。

公園の門はあいていた。ハリドンは一輪車に乗ったまま通りぬけ、砂利道《じゃりみち》を進んでいった。

街灯はまばらで、枝《えだ》をひろげた木々《きぎ》の下には、黒々《くろぐろ》とした夜の闇《やみ》が潜《ひそ》んでいる。しげみのあちこちでカサカサと不気味な音がしたが、ハリドンはこわいとは思わなかった。暗闇《くらやみ》をこわいと思ったことは、一度もなかった。

木と木のあいだには、霧《きり》が静かに立ちこめている。地面は見えず、まるでそこだけ浮《う》いているようだ。

ハリドンは一輪車を木の陰《かげ》に隠《かく》すと、砂利道《じゃりみち》をそれて、池のふちの小道を歩いていった。いそいでいたので、何度も木の根っこや石につまずきそうになった。

小道はヤナギの木の手前でおわっていた。葉の落ちたヤナギの枝《えだ》が、霧《きり》の上におおいかぶさるようにのびている。

池のすぐわきに、ベンチが見えた。ハリドンは小走りになった。そして、ヤナギの下で立ち止まった。ベンチには、だれもすわっていない。〈船長〉の姿《すがた》はない。

遠くから、町の音が響《ひび》いてくる。

マガモのつがいが飛んできて、池に舞《ま》いおりると、薄《うす》い氷がひび割《わ》れた音がした。マガモたちはまわりの暗闇《くらやみ》からたがいを守りあうかのように、よりそって泳ぎだし、むこう岸のアシのあいだに消えていった。

公園は急に静まりかえった。

ハリドンは両手をジャケットのポケットにつっこむと、もときた道をひきかえしはじめた。だが数歩も行かないうちに、ふたたび足を止め、ふりむいた。

音がしたのだ。かすかな音が。うめき声のような、ため息のような声。たしかに、ベンチの方から聞こえた。

ハリドンはためらいながらも、ゆっくりとベンチへ近づいた。そして、そばまで行かないうちに、ベンチになにかが横たわっているのが目に入った。

犬だった。小さな犬。短い足を曲げ、細いしっぽを丸めて、背《せ》もたれにぴったりとくっついて寝《ね》ている。おそろしい夢《ゆめ》でも見ているのか、ときどきぴくりと体をふるわす。

犬は目をあけると、ハリドンをじっと見あげて、ひと声ほえた。

ハリドンがあとずさりすると、犬は背中《せなか》を丸めて立ちあがり、あっというまに木立ちのむこうに姿《すがた》を消した。

ベンチには、大きな鳥打帽《とりうちぼう》が置いてあった。

ハリドンは、心臓《しんぞう》が止まるかと思うくらい、どきっとした。帽子《ぼうし》をとって、月の光にかざしてみる。つばの黒い、茶色の鳥打帽《とりうちぼう》。内側には緑色のシルクの布《ぬの》があててある。

名前は書いてないが、ハリドンにはそれがだれの帽子《ぼうし》かすぐわかった。〈船長〉がこれを買ったとき、いっしょにいたのだ。

〈船長〉は、帽子《ぼうし》を買うのが好きだった。そして、すぐになくした。ほめてくれた人にその帽子《ぼうし》をあげることも、よくあった。

お金もないのに、すぐ人にあげてしまうなんて、とハリドンは思ったものだ。
木の枝《えだ》のすきまをぬって、夜の冷気が忍《しの》びよってくる。
ハリドンはベンチに腰《こし》をおろすと、両ひじを膝《ひざ》に立てた。
帽子《ぼうし》はいま、目の前にある。なんだか、しょんぼりとしているように見える。
置き忘《わす》れられ、持ち主とはぐれた帽子《ぼうし》。
ハリドンは気がめいり、あわてて帽子《ぼうし》をジャケットのポケットにしまいこんだ。
そのとき、うしろのしげみでガサガサと音がした。
ハリドンはふりむき、目をこらした。
黄色い目がふたつ、草の上で光っている。つづいて、ささやく声が聞こえた。
「ほんとにもう。急におどかしたりして、失礼だよ！」

4　帽子《ぼうし》の中の犬

さっきまで〈船長〉の帽子《ぼうし》の中で寝《ね》ていた小さな犬は、ヤナギの下にちょこんとすわって、ハリドンを用心深い目でじっと見あげていた。

野良犬《のらいぬ》のようだ。町をうろつく、飼《か》い主のいない犬。

ハリドンが見つめかえすと、犬はおそるおそる二、三歩、ベンチの方へ近づいてきた。

犬は勇気をふるいおこしているのか、目をしばたたくと、もう一度言った。

「急におどかすのはよくないよ。それに、他人の帽子《ぼうし》を盗《と》るのもよくないことだ」

「これは、ただの帽子《ぼうし》じゃない」ハリド

ンは、むっとしてこたえた。「鳥打帽《とりうちぼう》っていうんだ。それに、おまえの物でもないだろ？」

犬はヤナギの下の暗がりから出てくると、ハリドンの足もとの平らな地面にすわりなおした。

「鳥打帽《とりうちぼう》……、鳥打帽《とりうちぼう》……」犬は考え深げにくりかえした。いまはじめて、とても大切なことを習ったかのように。「鳥打帽《とりうちぼう》というのは、中で寝《ね》るのにとても気持ちのいいものだね。前に持っていた毛糸の帽子《ぼうし》よりずっといいや。赤くて白い星の模様《もよう》だったよ。ぼんぼんもついてたけど、すぐに落としちゃった」

ハリドンは犬の方には目をむけずにすっと立ちあがり、池のほとりの小道にそって、しげみのあいだを歩きだした。

ハリドンは野良犬《のらいぬ》がきらいだった。

野良犬《のらいぬ》は物をほしがる。人が少しでも甘《あま》い顔を見せようものなら、たちまち図にのる。ちょっとでも食い物をやったりしたら、もうきりがない。

ハリドンは長い放浪《ほうろう》の旅のあいだに、このことを学んだ。だから、しつこい野《の》良犬《らいぬ》を追いはらうためにしたのだ。けれども野良犬《のらいぬ》のなかには、杖《つえ》を持つことにしたのだ。

ハリドンが寝《ね》ているすきに食料を失敬《しっけい》するものもいた。

ハリドンはその小さな犬が、まさかあとをついてくるとは思わなかった。

ところがハリドンが草につまずいたとたん、足もとで声がした。

「おっと、あぶない！　ぼくが前を歩いて、道案内してあげたほうがいいみたいだね。知ってのとおり、暗い道でも犬はとてもよく目がきくんだよ」

「ほっといてくれ！」ハリドンはどなった。

けれども、公園の砂利道《じゃりみち》に出て一輪車にまたがっても、犬はまだついてきていた。そして、「どこ行くの？」と小走りになって、ハリドンに追いついた。

ハリドンは無視《むし》した。

野良犬《のらいぬ》を追いはらうには、無視《むし》がいちばんいい方法だからだ。無視《むし》されれば、野良犬《のらいぬ》はなにももらえないとわかって、あきらめてどこかへ行ってしまう。

だが、この犬はあきらめなかった。しっぽをぴんと立てて、すたすたとついてくる。まるでハリドンとは昔からの知りあいのように、親しげに話しかけてくる。

「さっき、ぼくが、なんであんなに驚《おどろ》いたかわかる？　つかまえられるんじゃないかと思っちゃったんだ。ぼくにも、ついに終わりのときがきたのかと。すごくこわくて。そうでなきゃ、いつもはあんなにあわてたりしない。ぼくは、とても勇敢《ゆうかん》なんだ。番犬にはもってこいさ。ねえ、番犬はいらない？　体は小さいけれど、とても役にたつよ。小さい分、食事も少なくてすむ。安いものだ……」

ハリドンは、ペダルをこぐ足を止めた。「おまえに食い物をやるつもりはない。家に連れていくつもりもない。おれのことは、ほっといてくれ！」

とたんに犬は首をかしげて、なんとも情《なさ》けない顔をした。

「なにを怒《おこ》ってるの？　ぼくたち、友だちになれるところなのに。怒《おこ》ってるのは、帽子《ぼうし》のこと？　あれはベンチで見つけたんだ。盗《ぬす》んだんじゃない。そんなことより、なにかいいにおいがするね」

犬は鼻をひくつかせて、ハリドンのジャケットのポケットにうれしそうに目をむけた。ポケットには、エッラにもらったシナモンパンが入っている。

「うせろ！　あっちへ行け！」ハリドンは、もう一度どなった。

　すると、犬はほんの少しあとずさりしたが、すぐになに食わぬ顔になって、片《かた》方《ほう》のうしろ足で首のあたりをかきはじめた。どなられるのには慣《な》れているようだ。

「ノミがいるんだな？」ハリドンは、嫌味《いやみ》っぽくたずねた。

「ううん、まさか」犬はとぼけて、すぐにかくのをやめた。

　ハリドンは〈船長〉の帽子《ぼうし》をポケットからとりだし、裏返《うらがえ》すと、木の幹《みき》でパンとはらった。「〈船長〉の頭に、ノミが移《うつ》っちゃ大変だ」

「〈船長〉？　だれ、それ？」

「おれの友だちさ」ハリドンは肩《かた》ごしに短くこたえると、ふたたび歩きだした。

「いいか、よく聞け。これは、〈船長〉の帽子《ぼうし》だ。おれは、この帽子《ぼうし》をいそいで〈船長〉に届《とど》けないといけない。だから、おまえとかかわっている時間はない。あばよ！」

「ついていっちゃだめ？」犬は、ハリドンの背中《せなか》にむかってさけんだ。

「だめだ。あばよって言ったろ！」ハリドンは、ぴしゃりと言った。

　犬は耳をたれて、その場に腰《こし》をおろした。

けれども、ハリドンの姿《すがた》が最初のカーブを曲がって見えなくなったとたん、すくっと立ちあがり、ふたたびうしろ足で首のあたりをかいた。それから、短い足をせいいっぱい動かして、ハリドンのあとを追いかけていった。

ハリドンは公園を出たところで、ペダルから足を地面におろした。

海から吹《ふ》きあがってくる風が強まり、雲のベールが月にかかっている。冷たい空気が服の中にしみこんでくる。

ハリドンは、毛布《もうふ》にくるまってハンモックに寝《ね》ているときの、ぬくぬくとした暖《あたた》かさが恋《こい》しかった。でも、こうしてはいられない。少しでも体を温めようと胸《むね》のあたりをパンパンとたたくと、ふたたびペダルをいきおいよくこぎだした。

道は町の中のせまい路地を、うねうねとくだっていく。両側にたちならぶ建物の壁《かべ》に、車輪の音がこだまする。

ハリドンは〈船長〉が歩きそうな路地をえらんで走っているつもりだったが、いつのまにか行きあたりばったりになっていた。

ハリドンはペダルをこぐ足を止めると、考えた。

この近くに、丸い石が敷《し》きつめられた小さな広場があるはずだ。まわりに白いベンチがあって、葉の落ちた背《せ》の高いクリの木がならんでいる広場だ。

ハリドンはさっそくその広場へ走っていくと、ベンチのひとつに腰《こし》をおろした。

広場をとりかこむ家々《いえいえ》の黒い窓《まど》が、目のようにハリドンを見つめている。気味が悪い。

春か夏ならよかったのに。そうすればクリの木は青々《あおあお》としているし、花壇《かだん》には花が咲《さ》いている。木陰《こかげ》でアイスクリームを食べたり、噴水《ふんすい》の水で足を冷やしたりしている人たちで、にぎわっているはずだ。

春や夏の日曜日、ハリドンはよく〈船長〉とこの広場へ散歩にきた。そんなとき、〈船長〉はよそゆきのスーツを着てネクタイをしめ、みがきたての靴《くつ》をはき、顔見知りと会うたびに帽子《ぼうし》をとってあいさつした。

「こんにちは、奥《おく》さん。今日はいい天気ですな」

「ご機嫌《きげん》いかがです？　ご主人」

〈船長〉には、散歩をしている人たちのなかに、たくさんの顔見知りがいた。

そうした人たちの多くは〈船長〉にあいさつをかえしてくれたが、すぐそばまできてハリドンを見ると、困惑《こんわく》の表情《ひょうじょう》を見せる人もいた。なかには、ハリドンがいっしょだと、〈船長〉を避《さ》けてまわり道をする人もいた。「あんな子といっしょにいるのは、まちがいよ」と話している声を耳にしたこともある。

こういうことにハリドンは慣《な》れっこだったが、自分のせいで〈船長〉が傷《きず》つくのではないかと、それだけが気がかりだった。だがこのことについて、ふたりで話しあったことは一度もなかった。

いろんな思いが胸《むね》をよぎると、ハリドンは両手で頭を抱《かか》えて気持ちを集中させた。これから、どうすればいいんだろう？ さっきエッラと約束したように、すぐに家に帰るべきなのか？ このままでは寒いだけで、風邪《かぜ》をひくのがおちだ。〈船長〉なら、いつものようにちゃんと帰ってくるだろう。

「帰ろう。帰って寝《ね》よう」ハリドンは、ひとりごとをつぶやいた。

だが、それでもハリドンはベンチから腰《こし》をあげなかった。不吉《ふきつ》な予感が胃のあたりにひっかかっている。いくら理詰《りづ》めで考えても、それをふりはらうことができない。〈船長〉がいま、どこにいるかさえわかれば……。

そのとき、ハリドンの足もとで息のあがった声がした。「やあ、また会ったね」

さっきの犬だった。うれしそうに、小枝《こえだ》のようなしっぽをふっている。

ハリドンはあきれて、ため息をついた。「ついてきたのか？」

「だれのあとも、ついていきやしないよ」犬は得意そうにこたえた。「ぷらぷらと歩いてたら、ここへきちゃったの。明日は、またちがうとこへ行くよ。どこへ行くかなんて、前もってわかりゃしない。自由でだれにも束縛《そくばく》されないってのは、すばらしいんだ。ところで、あの帽子《ぼうし》、〈船長〉にもう届《とど》けたの？」

ハリドンは、返事をする気にはなれなかった。

「友だち、見つからないの？」犬はこざかしい顔をした。「もしかして、いなくなっちゃったの？」

「そんなわけない！」ハリドンは声をあららげると、立ちあがった。「帰りがおそくなっているだけだ。それのどこがおかしい？」

「ちっとも」犬はあわてて言った。「ぼくはただ……」

「自分の考えをおしつけるな！　おれのあとをついてくるのもやめてくれ！」

「まあまあ、そんなにどならないで。ぼくはただ、きみに話があって。とてもだいじな話が……」犬の声はそこでつまった。

突然《とつぜん》、夜の静けさを切りさくように、鋭《するど》い音が響《ひび》いたのだ。そしてつぎの瞬間《しゅんかん》、空の上でなにかが炸裂《さくれつ》した。

バン！

ハリドンは身をかがめ、犬はベンチの下に隠《かく》れた。

爆発《ばくはつ》の音が重なりあった。無数の火の粉が、流れ星のように家々《いえいえ》の屋根に降《ふ》りそそぐ。

花火だ！

ハリドンは、まばゆいばかりの光の花をじっと見あげた。

『ベンガルの炎《ほのお》』『パラシュート・ロケット』『金色の雨』『ジャパニーズ・ダブル』、ハリドンが名前を知っているさまざまな花火が、つぎからつぎへと空の上で花を咲《さ》かせる。立ちこめる雲は、自ら光を発する綿《わた》のように光っている。

年越《としこ》しみたいだ、とハリドンは思った。〈船長〉は毎年、大晦日《おおみそか》が近づくとロケット花火を買いこみ、年明けとともに部屋《へや》のベランダからそれを打ちあげた。

ちょっと子どもじみている、とハリドンは思わなくもなかったが、〈船長〉は心から楽しんでいるようだった。

ハリドンは視線《しせん》を空から地面にもどすと、気をとりなおして一輪車に飛び乗った。

「待って！　ひとりにしないで……」足もとの犬はすがるように言った。

ほかの小さな獣《けもの》と同じで、この犬も花火がこわいのだ。爆発音《ばくはつおん》が響《ひび》くたびに、犬はやせほそった体をふるわせ、うめき声をあげた。

「だいじな話を……」犬はかすれた声で言いかけたが、ハリドンはもう走りだしていた。

犬は息つく暇《ひま》もなく、花火にびくつきながらも、ハリドンを追いかけた。

ハリドンは花火を追いかけて、走りつづけた。

まもなく、大きな白い屋敷《やしき》の前に出た。前庭にひろい芝生《しばふ》が見える。敷地《しきち》のまわりはぐるりと、先のとがった高い柵《さく》にかこまれている。

屋根の小尖塔《しょうせんとう》も大きな丸い塔《とう》も、テラスもサンルームも、赤い制服《せいふく》を着た小柄《こがら》な男たちが打ちあげるロケット花火の白い煙《けむり》に包まれている。

煙《けむり》のむこう、明かりのともった窓《まど》の奥《おく》では、めかしこんだ人たちがグラスをかかげ、楽しそうに笑っている。

そのとき、これまで以上にものすごい音がした。空のかなり高いところで炸裂《さくれつ》したその花火はゆっくりと開いて、大きな黄色いシダレヤナギになった。

最後の花火だったらしい。

お客たちはみな拍手喝采《はくしゅかっさい》したが、寒さに耐《た》えられないのか、すぐに窓《まど》をしめた。窓《まど》の中から、くぐもった笑い声とシャンパンをぬく鈍《にぶ》い音が聞こえた。

柵《さく》のところでは、いつのまにやってきたのか、ハリドンのほかに物好きな人が数人、足を止めて花火をながめていた。だが、その人たちもじきにその場を離《はな》れていき、夜の闇《やみ》の中に音もなく消えていった。

屋敷《やしき》の前には、ハリドンだけが残った。

5 ラッキー・モンキー

しばらくすると、さっきの犬がすりよってきて、ハリドンの足もとに腰《こし》をおろした。

犬は炭の残り火のような赤い目で、窓《まど》の明かりがこうこうとともる白い屋敷《やしき》を見あげると、つぶやいた。「りっぱな家だね。なんだか楽しそうだよ」

ハリドンはうなずいた。たしかに、屋《や》敷《しき》の中は楽しそうだ。

ハリドンはふと、『〈船長〉の劇場《げきじょう》』のパーティーを思いだした。

いつも、なんて楽しかったことか！

ロビーには色とりどりのランプがともり、鮮《あざ》やかな色のカクテルがふるまわれた。

そして音楽！〈船長〉はプリマドンナの髪《かみ》が乱《みだ》れ、目をまわすまでいっしょに踊《おど》りつづけたものだ。

そのとき、目の前の白い屋敷《やしき》から楽団《がくだん》の演奏《えんそう》が聞こえてきた。窓《まど》のむこうでは、シャンデリアの下、何組かの男女がくるくると踊《おど》っているのが、ハリドンにも見える。

花火とダンスとシャンパン。まさに、〈船長〉が楽しいと思っていたものだ。さっき、エッラはなんて言ったっけ？〈船長〉は楽しくなるところへ行った……。

だとしたら、〈船長〉はたぶん、この屋敷《やしき》の中にいる！

「ねえ？」犬が、考えごとをしているハリドンのじゃまをするように、口を開いた。「ぼくは、きみが知らないことを知ってるんだよ。本当にだいじなことさ。聞きたくないの？」

「聞きたくなんかない！」ハリドンはぴしゃりと言うと、一輪車にまたがった。

「いいか、もう、おれのあとについてくるな。ここは高級な場所なんだ。おまえみたいな犬のくるところじゃない！」

「〈船長〉に関係することなんだよ」犬はあわてて言った。「本当にいいの？」

ハリドンは一瞬《いっしゅん》、足を止めた。

「やっぱり、聞きたいよね？」犬は意味ありげな顔をして話しはじめたが、すぐに口ごもった。「それで……、えっと……、あれ？」

ハリドンは顔をしかめた。「やっぱり、うそだ。ただのでまかせだ」

「ちがうよ、ちがうってば」犬は必死に食いさがった。「本当にだいじなことなんだ……。だけど、ど忘《わす》れしちゃったんだ。さっきのバンという音がしたときに。待って。すぐ思いだすから」

犬は小さな顔をしわくちゃにして、本当になにか思いだそうとしているようだった。

「そんなことだろうと思った」ハリドンはこばかにして言うと、門を通りぬけ、屋敷《やしき》の表玄関《げんかん》へつづく砂利道《じゃりみち》を進んでいった。

「待って！　うそじゃないってば！」犬はハリドンの背中《せなか》にむかって、声をしぼりだした。「だったら、もどってきたときに話すよ。もどってくるよね？　もどってこないの？」

ハリドンは犬を無視《むし》して、ペダルをこぎつづけた。

砂利道《じゃりみち》の両側には、細くきれいに刈《か》りそろえられた植木がならんでいる。

正面玄関《げんかん》の階段《かいだん》の下までくると、中の笑い声と音楽がよりはっきりと聞きとれた。だが窓《まど》が高すぎて、中はのぞけなかった。

ハリドンは、明かりに照らされた噴水《ふんすい》のふちに一輪車を立てかけると、芝生《しばふ》の上を歩いて、屋敷《やしき》の壁《かべ》に近づいた。凍《こお》った草が、曲芸用の靴《くつ》の薄《うす》い底にシャキシャキとあたる。

ハリドンは屋敷《やしき》の裏手《うらて》にまわった。

ガラスのドアのついたバルコニーが三つならんでいた。だがバルコニーも高すぎて、ハリドンには中がのぞけない。

そのとき、いちばん手前のバルコニーでポンと音がして、シャンパンのコルクがハリドンの足もと、数メートルのところに落ちてきた。

ハリドンは顔をあげ、グラスをかわしているカップルのシルエットを見つめた。楽しそうに笑うふたりの口からもれでる息が白い。

ハリドンはその場をそっと離《はな》れて、さらに屋敷《やしき》の角をもうひとつ曲がった。だが、そこにも中をのぞけるような窓《まど》はなかった。

ハリドンは正面の階段下《かいだんした》にもどった。靴《くつ》が湿《しめ》って、つま先がかじかんでいる。少しでも体が温まるよう、その場で足踏《あしぶ》みをしながら、ハリドンは考えをめぐらした。

どうしたら、〈船長〉が中にいるか調べられるだろうか。出てきた人にきいてみるのは、どうだろう。

ハリドンは、屋敷《やしき》から人が出てくるのを待った。パーティーを早めに切りあげて、帰る人がいてもよさそうだ。

しばらくすると、一度に何人かがかたまって出てきた。冗談《じょうだん》を飛ばしあい、げらげらと大声をあげている。

ハリドンは、声をかけるのをためらった。そのあいだに、にぎやかな人たちはさっさとタクシーに乗りこんでしまい、ハリドンにはかけよる暇《ひま》もなかった。

つぎに、年配のカップルが出てきた。女性《じょせい》は毛皮に身を包み、男性《だんせい》は黒いロングコートに、ぴかぴかの靴《くつ》をはいている。腕《うで》を組んで歩いていくふたりは、親切そうに見えた。

ハリドンはチャンスをうかがい、小走りに近づくと声をかけた。「すみません。ちょっと……」

女性《じょせい》はふりかえり、男性《だんせい》はハリドンをいまいましそうににらみつけた。

「中に〈船長〉がいるかどうか、知りたいんです。友だちなんです」

「おまえの友だちなら、ちがうところをさがすべきだな」男はぴしゃりと言うと、口もとをひきつらせた。「ここは、えらばれた人間だけがくるところだ」

「行きましょう」女性《じょせい》はそう言って、男の袖《そで》をひっぱった。「だれかに見られたら、いやだわ。こんな……」

ふたりはハリドンに背《せ》をむけると、待たせてあるタクシーの方へさっさと行ってしまった。

ハリドンはその場で悪態《あくたい》をつきそうになったが、唇《くちびる》をかんでこらえた。そしてもう一度、屋敷《やしき》の正面へむきなおった。

こうなったら、中に入ってやる！　ハリドンはかっとなって、玄関《げんかん》前の白い階《かい》段《だん》をいっきにかけあがった。

高い階段《かいだん》のいちばん上には、丈《たけ》の長い真《ま》っ赤《か》な制服《せいふく》を着たドアマンが立ってい た。上着の金ボタンがきらきらと光っている。両肩《りょうかた》にも、金の飾《かざ》りがついている。

ハリドンは、ドアマンに呼《よ》び止められると思った。おそろしい声で、「おまえのような者がくるところではない」と。

だが、ドアマンはハリドンをちらりと見ただけで、なにも言わない。

ハリドンは玄関《げんかん》の中へ入ると、赤いじゅうたんが敷《し》いてある長い廊下《ろうか》を進んでいった。両側の壁《かべ》には、金でふちどられた鏡がならんでいる。

廊下《ろうか》のつきあたりに、大きな扉《とびら》があけはなしてあって、そこにも赤い制服《せいふく》を着たドアマンが立っていた。

ハリドンは深呼吸《しんこきゅう》をして、扉《とびら》の中へ足をふみいれた。

そこは大広間だった。

入ったとたん、ハリドンはすぐに、両手のお盆《ぼん》にシャンパンやグラスをぎっしりのせて歩いてきたウェイターにぶつかり、ころびそうになった。

「早く、早く」ウェイターは自らをせかすように、ひとりごとをつぶやいた。「シャンパンがたりない。ナッツも。いそげ、いそげ……」

ハリドンはあわてて飛びのくと、葉をひろげたヤシの木のうしろに隠《かく》れた。そこからは、だれにもじゃまされず、自分は気づかれることなく、大広間が見わたせた。

奥《おく》の黄色っぽいスモークの中に、白い服を着た楽団員《がくだんいん》がすわっている。

大広間は、ダンスに興《きょう》じるカップルでごったがえしている。

銀色に光るドレス、紅潮《こうちょう》した頬《ほお》、笑《え》みを浮《う》かべた赤い唇《くちびる》、汗《あせ》に光る額《ひたい》、くるくるとまわりながら動いていく足、髪《かみ》にゆれる大きなリボン。タキシード姿《すがた》の上品な紳士《しんし》もいれば、袖《そで》をまくりあげて、力強くジルバを踊《おど》る男もいる。

だが、〈船長〉の姿《すがた》はない。

楽団《がくだん》の奏《かな》でる『オー・ソレ・ミオ』がサビの部分にさしかかると、壁《かべ》ぎわのテーブルのまわりの人たちが、大きな声でうたいだした。

その人たちの中にも、〈船長〉の姿《すがた》は見あたらなかった。

ハリドンはさらに目をこらしたが、期待はしぼんでいくばかりだった。

もう帰ろう。そう思ったとたん、〈船長〉によく似《に》たうしろ姿《すがた》が目に入った。

その男はいちばん奥《おく》のバー・カウンターにこちらに背《せ》をむけて立っていて、背《せ》中《なか》の一部が柱の陰《かげ》になっている。

ハリドンはもっとよく見ようと首をのばしたが、男はカウンターを離《はな》れて、さらに奥《おく》の部屋《へや》へつづくドアのむこうへ消えてしまった。

ハリドンはすぐにヤシの木のうしろから出ると、そのドアをめざして壁《かべ》にそってこそこそと進んでいった。

縦《たて》にも横にも大きなドアだったが、意外にも簡単《かんたん》にあいた。

むっとするような重たい空気。緊張感《きんちょうかん》がみなぎっている。天井《てんじょう》に近いところでは、タバコの煙《けむり》が灰色《はいいろ》の帯となって、渦《うず》を巻《ま》いている。大広間の音楽は、壁《かべ》ごしに低音が響《ひび》いてくるだけだ。

そこはカジノだった。

天井《てんじょう》のライトに照らされて、緑のフェルトの敷《し》かれたテーブルに、ルーレットやサイコロやトランプが置いてある。

人がいっぱいだ。

ぎらぎらと期待に満ちた目が、まわりだしたルーレットの回転盤《かいてんばん》を見つめている。だれかが大勝ちしたり大負けしたりするたびに、歓声《かんせい》や怒声《どせい》が飛びかう。

ハリドンは二、三歩進んでさっと見まわしただけで、目的の男を見つけることができた。

男はテーブルのまわりに群《むら》がる人たちをかきわけて、ルーレットに参加するぞという合図に、札束をふってみせていた。

体格《たいかく》のいい、がっしりとした男はあごひげをはやしてはいるが、近くから見ると、〈船長〉とは似《に》ても似《に》つかぬ風貌《ふうぼう》だった。

ハリドンはあっけにとられ、そしてがっかりした。

MANQUE
PASS

そのとき、耳もとでしゃがれた声がした。「ちょっと助けてくれないか？」

ハリドンはびくっとして、ふりむいた。

すぐそばに、いつのまに近づいてきたのか、猫背《ねこぜ》の小柄《こがら》な男が立っていた。顔は血の気がなく、薄《うす》い口ひげだけが目立つ。着ているものは黒いタキシードなのだが、なぜか男は灰色《はいいろ》の影《かげ》といった印象をあたえた。

「助けてくれないか？」男はもう一度言うと、胸《むね》の前で不安そうに両手をこすりあわせた。

ハリドンは聞こえないふりをして、ドアの方へすごすごともどろうとした。だが、男はしつこくハリドンを追ってきた。「たのむ！　ひとつ、数字を言ってくれ。なんでもいい」

ハリドンは一歩わきによけた。

それでも男はハリドンを見すえたまま、そばを離《はな》れない。

「わかってくれ。今日はついていないんだ。なにもかも裏目《うらめ》に出る。サイコロでは負けてばかりだ。もう財布《さいふ》の中はからっぽだ。叔母《おば》から無理して借りた金もすってしまった。このままでは叔母《おば》に顔むけできない……」男はそう言うと、いっそう暗い表情《ひょうじょう》になり、赤いお金のようなものをハリドンに見せた。「残っているのはこれだけだ」

それは、賭《か》けに使うチップだった。

「ルーレットに賭《か》けようと思う」男は話しつづけた。「最後のチャンスだ。だが、自分ではどの数字に賭《か》けていいかきめられない。ここまで運に見はなされるとは。だから、おまえが数字を言ってくれたら、それにきめる。きっとうまくいく。たのむ。哀《あわ》れな叔母《おば》のことを考えてくれ」

ハリドンは肩《かた》をすくめた。「……14。もう行ってもいいね」

男は希望の光が見えたように目を輝《かがや》かせると、「14だな」と、かみしめるようにくりかえした。「14。よさそうな数字だ」

それから、男はそそくさとルーレットの台へ歩いていった。身をのりだし、両手でチップをだいじそうにはさんでいる。

そのとき、いま勝ったばかりのお客たちが「よし、シャンパンをあけろ！」と大声でさけんだ。

この部屋《へや》では、朝までずっとお祭りさわぎがつづくのだろう。

ハリドンは一刻《いっこく》も早く、外へ出たかった。

いそいで大広間へもどると、ちょうど楽団《がくだん》が行進曲をにぎやかに奏《かな》ではじめたところだった。お客たちはみな楽しそうに、足をふみならしている。

ハリドンは出口の方へ視線《しせん》をむけたが、突然《とつぜん》、身動きがとれなくなった。花をいけた大きな花瓶《かびん》と、襟足《えりあし》が赤い太った男のあいだにはさまれてしまったのだ。

行進曲が鳴りやむと、ようやく太った男はふっと息を吐《は》いて、壁《かべ》ぎわの椅子《いす》に腰《こし》をおろした。

自由になったハリドンは、廊下《ろうか》へ出るドアへいそいだ。

そのとき、大広間の奥《おく》の方から歓声《かんせい》がわきおこった。

ふりむくと、みんなの視線《しせん》がカジノの部屋《へや》の方に集まっていた。ドアのむこうから、拍手《はくしゅ》と歓声《かんせい》が響《ひび》いてくる。

「勝ったぞ!」興奮《こうふん》して、さけんでいる声がした。「わしは金持ちになった!

あいつはどこだ？　どこへ行った？」

つぎの瞬間《しゅんかん》ドアがあき、あの小柄《こがら》な、灰色《はいいろ》の影《かげ》のような男が飛びだしてきた。胸《むね》の前に、赤いチップを山のように抱《かか》えている。さっきまではあんなに青白かった頬《ほお》が、いまは熱があるかのように赤く染《そ》まっている。

「だれか、あいつを見なかったか？」男は右に左に、声がかすれるほどの大声でさけびまくった。「あの小さな、サルのようなやつはどこだ？　あいつはラッキー・モンキーだ！　わしのラッキー・モンキーはどこへ行った？」

そのとき、ハリドンに気がついただれかが指さした。

「あそこだ！」いっせいに声があがった。

「つかまえろ！　わしのものだ！　そいつを逃《に》がすな！」灰色《はいいろ》の影《かげ》だった男はさけんだ。

6 〈自転車小僧《こぞう》〉

屋敷《やしき》の柵《さく》の外で、犬はハリドンを待っていた。ときどき、情《なさ》けないうなり声をあげる。心配のあまり、いっときもじっとしてはいられなかった。
〈自転車小僧《こぞう》〉は、もどってくるだろうか？
犬はハリドンのことを、〈自転車小《こ》僧《ぞう》〉と呼《よ》んでいた。ハリドンに、本当の名前をきく勇気がなかったのだ。
〈自転車小僧《こぞう》〉はきっと屋敷《やしき》の中で、別の出口を見つけたんだ。よくあることだよ。人はついてきてほしくない者をまくのに、いつもなにかしら方法を見つけるんだ。

時間がたつにつれ、あまりの寒さに、犬は体のふるえが止まらなくなった。あきらめようという思いが強くなる。

こんなことなら、さっさと〈船長〉の居場所《いばしょ》を話せばよかった。そうすれば、こんなふうにはならなかったのに。〈自転車小僧《こぞう》〉は大喜びして、ぼくのことを最高にいい犬だと思ってくれたはずだ。どうして話すことを忘《わす》れてしまうくらい、さっきはあんなにこわかったんだろう。小さな犬は頭も小さいから、物事がきちんと、はいりきらない。なにかの拍子《ひょうし》に、だいじなことが頭からころがりでてしまうことはよくあるんだ。とくに、こわくてびっくりしたときは……。

ところが、犬があきらめかけたちょうどそのとき、ハリドンが屋敷《やしき》から出てきた。

犬はハリドンの姿《すがた》を見るなり、かじかんだ足で立ちあがり、うれしそうに前足をばたつかせた。そしてしっぽを、ドラムをたたくスティックのようにぴんと立て、ハリドンを迎《むか》えに走りだした。

だがすぐに、なにかおかしいことに気がついた。〈自転車小僧《こぞう》〉がうろたえている。命にかかわるとでもいうように、一輪車に飛び乗った〈自転車小僧《こぞう》〉は必死になってペダルをこいでくる。

そのうしろでは、タキシードを着た小柄《こがら》で猫背《ねこぜ》の男がさけびながら、屋敷《やしき》の階《かい》段《だん》をかけおりてくる。「こら、待て！　ラッキー・モンキー！　待つんだ！」

ハリドンは、いまにもころびそうないきおいで門をかけぬけ、曲がっていった。

犬もすぐに走りだしたが、簡単《かんたん》には追いつけない。

数ブロック走ったところでハリドンがスピードを落とすと、犬はようやく追いついた。すっかり息があがっていた。

ハリドンは、表通りからアーチ型の門をくぐってわきに入った中庭の、マット干《ほ》し場《ば》の陰《かげ》に隠《かく》れた。

中庭をとりかこむ家の窓《まど》には、ぼんやりと明かりがともっているが、どれもカーテンがひかれていて、あたりは暗い。

犬はどうにか、ハリドンのこわばった顔を見わけることができた。

「どうしたの？」犬は息を切らしながら、たずねた。「なんで、そんなにあわててるの?」

「しっ、静かに」ハリドンは声を低めて注意すると、表通りにつながる門の方を心配そうに見つめた。

ハリドンの心臓《しんぞう》は、早鐘《はやがね》を打っていた。人の声と足音が聞こえてこないか、耳をすます。いつでも逃《に》げだす態勢《たいせい》でいる。あの男が現《あらわ》れて、あそこに隠《かく》れているぞと指をさしたら、すぐにかけだせるように足を軽く動かしている。両手はぎゅっとにぎっているから、いつでも戦える。しかも頭では、悪いことを考えないようにした。びくつく者に助かるチャンスはない。

だがハリドンは、まるで時間が逆《ぎゃく》もどりしていくように感じて、体がふるえた。以前にも、いわれのないことで人に追いかけられたことがあったからだ。

サーカスから逃《に》げだしたときも、そうだった。だいじなネックレスをハリドンが盗《ぬす》んだと、団員《だんいん》の女がさわぎだしたのだ。

「動物園に売りとばすぞ!」と男におどかされ、必死に逃《に》げて隠《かく》れたときもあった。

もうずいぶんと前のことだったが、それがいま突然《とつぜん》、まるで昨日《きのう》のことのように思いだされた。

ハリドンは門の方をにらみつづけた。

だが、なにも起こらない。

しばらくして呼吸《こきゅう》がおちつくと、ハリドンはようやく地面に腰《こし》をおろす気になった。

すると犬がそばによってきて、耳もとでささやいた。「だれかに追われてるの？」

ハリドンはうなずいた。

「どうして？　なにをしたの？」

「数字を言っただけだ」

「なるほど。わかった」犬はゆっくりと真顔でうなずいた。

「わかるわけないだろ！」

「本当にわかったんだよ」犬は言いはった。

ハリドンは腹《はら》がたった。「そうか。それなら、あの男がどうしておれを追ってくるのか、説明してくれ。どうだ、できるか？」

犬は、こまったように首をふった。

「ほら、みろ。説明できないだろ？　ばかな犬だと思われないように、いいかげんなこと言って。だから、ばかなんだ。大ばかだ！」

すると、犬は心底傷《きず》ついたように、しゅんと耳をたらしてハリドンに言った。

「ぼくが『わかった』といったのは、どんな気持ちかわかるという意味でだよ。ぼくだって、追いかけられたことは何度もある。ほとんど毎日、いつもだれかに追いかけられてるもの……」

ハリドンは犬を見つめた。それから、「ごめん、言いすぎた」とつぶやき、大きくため息をついた。

犬はハリドンを見つめかえすと、信じられないというような顔をした。

ハリドンは、あわてて話をつづけた。「おまえといると、いらいらする。おれについてくる以外に、することはないのか？　おれは自分の心配事でせいいっぱいなんだ」

犬はなにもこたえず、ただ大きな瞳《ひとみ》に驚《おどろ》きの色を浮《う》かべて、ハリドンを見つめている。

「おい、どうした？」ハリドンは声をあららげた。「今度はだまりこんで」

犬はやっと口を開いた。「〈船長〉がどこにいるか知ってるんだ。さっき見かけた」

うそつき犬め！　ハリドンはあきれて、「とっとと、うせろ！」と言いかけたが、犬の声になにかひっかかるものを感じた。話し方の調子がさっきまでとはちがう。どうちがうのかは、うまく説明できなかったが。

「ふうん。おまえの言うことを信じろとでも？　おまえはおれから食べ物をもらい、家に連れていってもらいたいだけだろ？　図星だろ？」

「ここから、そんなに遠くないところで見かけたんだ」犬はハリドンの質問《しつもん》など耳に入らないかのように、話しつづけた。「教えてあげるよ」

犬は本当のことを言っている。ハリドンは自分でも驚《おどろ》いたことに、そう直感した。その一方で真にうけてはいけないことも、ハリドンはよく知っていた。

野良犬《のらいぬ》は人の気をひくためなら、どんな手でも使う。

そこで、ハリドンは冷たく言いすてた。「もう好きなだけしゃべっただろ？

おれをひとりにしてくれないのなら、せめて静かにしていてくれ」

犬はさらになにか話そうとしたが、ハリドンが人さし指を立てたので、口を閉《と》じておしだまった。

かなり時間はたっていた。

あのカジノの男はもう追いかけてこないだろう、とハリドンは思った。これからなにをすべきか？〈船長〉を見つけずに家にもどる気は、とうになかった。いそいでさがさなければならないのに、時間をむだにしてしまった。でも、どこをさがせばいいのだろう？

ハリドンは目を閉《と》じ、おちついて考えようとした。

〈船長〉は、だれか知りあいの家に行ったんだ。きっとそうだ。でも、おれが会ったことのある〈船長〉の知りあいは、そんなに多くない。エッラぐらいだ。

あとは名前しか知らない。においしかわからない人もいる。

そういえば、〈船長〉が〈男爵夫人《だんしゃくふじん》〉と呼《よ》んでいる女性《じょせい》がいた。〈船長〉がその人とオペラを見に行った夜、上着からは香水《こうすい》のにおいがした。

それからもときどき、〈船長〉は同じにおいのする招待状《しょうたいじょう》をもらうことがあった。上等な封筒《ふうとう》に入った美しいカードだった。表には、〈船長〉の名前が金文字で丁寧《ていねい》に書かれていた。

香水《こうすい》のにおいがする招待状《しょうたいじょう》をうけとると、〈船長〉は衣装棚《いしょうだな》から黒いタキシードをだしてきて、胸《むね》にフリルのついた白いシャツにアイロンをかけた。あごひげをとかし、口ひげを整え、会ったときにどんなふうにお礼のあいさつをするか、紙にメモした。きっと、お返しに〈男爵夫人《だんしゃくふじん》〉を食事に招待《しょうたい》するつもりなのだろう。

〈船長〉は、こうした礼儀《れいぎ》やマナーにはとてもうるさかった。ハリドンはよく、フォークとナイフの持ち方を注意された。知らないことをいろいろと教えられた。

だがハリドンにとっては、礼儀《れいぎ》やマナーほどあほらしいものはなかった。ハリドンがあらたまった席に招《まね》かれることなど、けっしてなかったからだ。

ハリドンはそんなことを思いだして、〈船長〉は今夜、〈男爵夫人《だんしゃく》〉に会いに行ったのだろうと考えた。

ありうることだ。けれども、そうだとしても、〈船長〉はとっくに帰っていなければならない。しかも、〈船長〉は最近、香水《こうすい》のにおいのする招待状《しょうたいじょう》をうけとっていない。となると、やはり、だれか別の人のところにいるのか……。

もうひとり、ハリドンが〈タールのにおい〉と呼《よ》んでいる人がいた。〈船長〉がときどきウイスキーを飲む相手だ。〈船長〉がその相手と飲んできたときは、上着からタールのようなにおいがした。何日たっても、燃《も》えた薪《まき》のようなにおいが残っているのだった。

ハリドンは、〈タールのにおい〉はたぶん男だろうとふんでいたが、はっきりとはわからなかった。〈船長〉がその人について、話してくれたことは一度もなかった。

ハリドンは、考えがまとまらなかった。同時に、いそがなければと気持ちばかりがあせった。とにかくいそがなければ……。

そのあいだも、犬はハリドンのそばで、いらいらと足踏《あしぶ》みしながら、ときどき小さなうなり声をあげた。

三十分もたっただろうか。あるいは、もっとか。

ついに、ハリドンは犬に視線《しせん》を落とすと、言いふくめるように切りだした。

「おまえのでまかせには腹《はら》をたててはいるが……」

とたんに犬は顔をあげ、大きくしっぽを左右にふった。「行ってみる気になった？　きみを追いかけてきた人は、もういなくなったよね？　だいじょうぶだね？」

ハリドンはためらいながらも、もう一度、犬にちらりと目をやると立ちあがり、心をきめてアーチ型の門をくぐりぬけた。

犬は、すぐについてきた。

ハリドンと犬は、人気《ひとけ》のない通りをぐるりと見まわし、それから走りだした。

いきおいよくかけていく犬のあとを、ハリドンは一輪車のペダルを必死にこいで追いかけた。

やがて、ふたりは市庁舎《しちょうしゃ》公園を横切る、カシの老木の並木道《なみきみち》に出た。葉の落ちた木のてっぺんは、低くたなびく雲に隠《かく》れている。幹《みき》のまわりには、海の湿《しめ》った冷たい霧《きり》がまとわりついている。

犬は疲《つか》れも見せず走りつづけ、ハリドンがどっちへ行くのかと声をかけても、立ち止まりもしなかった。

公園のむこう側には、どっしりとした石造《いしづく》りの建物が、霧《きり》の中にたたずむ古い巨像《きょぞう》のようにたちならんでいた。入口にともる明かりの下に、鋳鉄製《ちゅうてつせい》の黒い柵《さく》が細長い影《かげ》を落としている。

犬は全速力でホテルの角を曲がると、市庁舎《しちょうしゃ》広場へ走っていった。ちょうどそのとき、市庁舎《しちょうしゃ》の塔《とう》の鐘《かね》がふたつ鳴った。鐘《かね》の音は家々《いえいえ》の壁《かべ》に不気味にこだまし、すぐに静寂《しじま》の中に消えた。ホテルのいくつかの窓《まど》にだけ、眠《ねむ》れない人の明かりがともっている。

犬はさらに、広場をつっきる市電の線路にそって走りつづけた。そして、停《てい》留所《りゅうじょ》の小屋の中に飛びこむと、大きな声でほえたてた。

ハリドンは一輪車から飛びおり、小屋の中につんのめるように足をふみいれた。

壁《かべ》ぎわのベンチでは、だれかがいびきをかいて寝《ね》ていた。

犬はベンチの下に腰《こし》をおろすと得意げに目を輝《かがや》かせ、息を切らしながら、「ほらね」と言った。「きみの友だちの〈船長〉だろ？　さっき見かけたんだ。寒い夜は、ぼくはいつもここで寝《ね》ることにしてるんだけど、今夜は先客がいて……。

それで仕方なく、公園へ行ったんだよ」

ハリドンはベンチに近づいた。そのとたん、感電したように、ショックをうけた。失望という名のショックだった。犬の話などでたらめだという思いとは裏腹《うらはら》に、ハリドンはいまのいままで希望を抱《いだ》いていたのだ。

だが目の前に寝《ね》ているのは、〈船長〉ではなかった。

それは体格《たいかく》のいい、力の強そうな船乗りだった。セーラー帽《ぼう》を目深《まぶか》にかぶり、おなかの上で手を組んでいる。襟《えり》を立てた上着のボタンには、錨《いかり》の印がついている。いびきにあわせて体が上下に動く。息はビールくさかった。

ESPERANZA

ハリドンは寝《ね》ている男にくるりと背中《せなか》をむけると、停留所《ていりゅうじょ》の小屋から外に出た。

犬はどぎまぎしながら、ハリドンを見あげた。「どうしたの？　起こさないの？　〈船長〉が見つかって、うれしくないの？」

「ちがう、〈船長〉じゃない！」ハリドンはこたえた。同時に、どっと疲《つか》れを感じた。

「〈船長〉だよ！」犬は言いはった。「そこに寝《ね》ているのは、だれが見たって、〈船長〉じゃないか？」

「ちがう。おれの〈船長〉じゃない！」ハリドンはさけんだ。「おれの〈船長〉じゃない！」

犬はあとずさりすると、力なくつぶやいた。「そんな……」

ハリドンは停留所《ていりゅうじょ》に背《せ》をむけたまま、地面にへたりこんだ。

犬は、いまはだまっているのがかしこいとさとったのか、ハリドンから少し離《はな》れたところにそっと腰《こし》をおろした。

ふたりは腰《こし》をおろしたまま、どうしたら本物の〈船長〉を見つけられるか、それぞれに考えをめぐらした。

犬は考えすぎて、小さな頭が痛《いた》くなるほどだった。でもそれぐらい、ハリドンの役にたちたかった。これほどまで人の役にたちたいと思ったことは、初めてだった。うまい物をもらい、家に連れていってもらう、その目的のためばかりでなく、〈船長〉を見つけて、〈自転車小僧《こぞう》〉を喜ばせたかった。〈自転車小僧《こぞう》〉は、さっき裏庭《うらにわ》で「ごめん」と言ってくれた。犬に謝《あやま》ってくれた人間など、今日の今日まで、ただのひとりもいなかったのだ。

7　真夜中の追跡《ついせき》

人気《ひとけ》のない通りを、男が歩いていた。曲がった背中《せなか》に大きなリュックをかついで、のしのしと。

リュックからは柄《え》の長い捕獲用《ほかくよう》の網《あみ》と、目の粗《あら》いネットと、複雑《ふくざつ》な仕掛《しか》けのついた木のおりがぶらさがっている。捕獲用《ほかくよう》網《あみ》と木のおりは小型犬を、ネットは大型犬をつかまえるためのものだ。

この男は、町をうろつく野良犬《のらいぬ》をつかまえるのが仕事。背中《せなか》のリュックのポケットには、仕事に必要なものがすべて入っている。鎖《くさり》、口輪、犬をおびきよせるのに吹《ふ》く笛、双眼鏡《そうがんきょう》、手袋《てぶくろ》、そして犬が好むえさ。

男は少しばかり足が不自由だったが、重たい荷物をかついでいても、音をたてずに歩きまわることができた。犬の声を聞きわけるために、わざわざ立ち止まる必要もなかった。鋭《するど》い視線《しせん》で、暗闇《くらやみ》の中を動く犬を見つけられるのだ。だから、多くの野良犬《のらいぬ》たちは頭の上に網《あみ》やネットが降《ふ》ってくるまで、男の存在《そんざい》に気がつきもしなかった。

男は五感が鈍《にぶ》らないように、昼間の騒音《そうおん》や光を避《さ》けて暮《く》らしていた。夜は、この男のための時間。もちろん、それでもたまにじゃまが入ることはあった。

その晩《ばん》、男が交差点にさしかかったとき、一台の車が近づいてきた。

男は足を止めると、不愉快《ふゆかい》そうに顔をひきつらせた。ヘッドライトのまぶしい光に、暗闇《くらやみ》できく目をいためないように、あわてて視線《しせん》をそらした。

猛《もう》スピードで走ってきた車は、男のすぐわきで急停車した。すぐに歩道側の窓《まど》があき、エンジンの音にまじって低い声がした。「おい、おまえ！」

男は、とっさにふりむいた。人に話しかけられることには慣《な》れていない。

「わたしのことですかい？」男は声をうわずらせて返事した。

「そうだ。ほかにだれがいる？　ちょっとこっちへこい！」

男は車に近づいた。タクシーだった。

声をかけてきたのは、タクシーの客だ。タキシードに黒い蝶《ちょう》ネクタイを結んでいる。顔は血の気がなく灰色《はいいろ》っぽいが、目だけがぎらぎらと光っている。

「おまえ、一輪車に乗ったおかしなやつを見なかったか？　サルそっくりのやつだ」

男は首を横にふった。「いいえ、だんな。今夜はだれも見ておりません。ええ、人っ子ひとり」

すると、タクシーの客は財布《さいふ》から紙切れをとりだし、電話番号を書きつけると、その紙とお札を一枚《まい》、男の手ににぎらせた。「サルのやつめ、まんまと逃《に》げやがった。わしのラッキー・モンキーのくせに。なんとしてでも、とりもどしたい」

「どうも、だんな」男はおじきをすると、にやにやしながらピン札の表面に親指をすべらせた。

「一輪車に乗ったサルを見つけたら、電話をくれ。礼ははずむぞ。わかったな?」タクシーの客は念をおした。

「へえへえ」男は薄笑《うすわら》いを浮《う》かべて返事をすると、すりきれた帽子《ぼうし》を持ちあげた。

「どうぞ、このわたしをお信じくださいまし。両目を見開いて、おさがしいたし……」

タクシーの客は、男の話を最後まで聞いてはいなかった。運転手に合図をすると、タクシーは急発進して走り去った。

そのころ、ハリドンと犬は市庁舎《しちょうしゃ》広場の停留所《ていりゅうじょ》の前にすわっていた。

そこへ、顔も体も四角ばった警官《けいかん》が、両手をうしろに組みながら歩いてきた。警官《けいかん》は、なにか事件《じけん》はないかと目を光らせていた。夜の見まわりは退屈《たいくつ》な仕事だ。とくに秋と冬の夜は長く寒いから、悪者は家の中にひきこもっている。警官《けいかん》にしてみれば、ささいなことでも満足すべき事件《じけん》になる。当然、警官《けいかん》はハリドンに近づくと、ぶっきらぼうに質問《しつもん》した。「おい、そこでなにしてる?」

「電車を待っているんです」ハリドンも、ぶっきらぼうにこたえた。

ハリドンは警官《けいかん》が好きじゃなかった。警官《けいかん》が自分に好意を抱《いだ》かないものだということは、物心ついたときから知っていた。

警官《けいかん》は、疑《うたが》わしそうに目をつりあげた。そして指を一本立てると、停留所《ていりゅうじょ》の壁《かべ》にはってある時刻表《じこくひょう》をなぞった。「終電はもう行ってしまった。つぎの電車は、朝の七時までない」

「じゃあ、それを待ちます」ハリドンは挑《いど》むような口調でこたえた。

「わたしをばかにするな！」警官《けいかん》は言いかえした。「怪《あや》しいやつだ。さあ、立て。こんなところで事件《じけん》を起こされては、めんどうだ。立ったら、ぐるっとまわれ！」

ハリドンは警官《けいかん》をにらみかえしたが、だまって立ちあがると一輪車を手にとった。

すると、警官《けいかん》はハリドンのうしろに隠《かく》れていた犬に気がついた。「いかんなあ。市街地では犬は鎖《くさり》につなぐこと。罰金《ばっきん》だぞ。つないでいない犬は、担当《たんとう》の男にひきわたす。なにか言いたいことはあるか？」

「おれの犬じゃない」

「なにい？　なんだと……」警官《けいかん》はがっかりして口ごもった。だが、すぐにまた目を輝《かがや》かして、一輪車を指さした。「それ。許可証《きょかしょう》はあるのか？」

「許可証《きょかしょう》？」

「車輪のついた乗り物を市内で乗りまわすには、届《とど》けをだして許可《きょか》を得なければならない」警官《けいかん》は法律《ほうりつ》をそらんじるように言った。「知っていて、あたりまえのことだ。許可証《きょかしょう》は？」

ハリドンはうなずきながら、横目で逃《に》げ道《みち》をさぐった。

「早く許可証《きょかしょう》を……」警官《けいかん》はしつこくくりかえしたが、そのときビールのにおいが鼻をついたらしい。さらに顔をこわばらせ、ハリドンの腕《うで》をぎゅっとつかむと言った。「おまえ、酒も飲んでるな？」

「おれじゃない！　中で寝《ね》ている船員さ！」ハリドンは言いかえした。

「中だと？」警官《けいかん》は、ハリドンを停留所《ていりゅうじょ》の中にひっぱりこんだ。

船員はあいかわらず、いびきをかいて眠《ねむ》っていた。

「おおっ！」警官《けいかん》は大声をあげるとハリドンの腕《うで》をはなし、船員にむかってどなりだした。「公《おおやけ》の場所で泥酔《でいすい》とは。こいつは、まぎれもない犯罪《はんざい》だ。即《そく》、逮捕《たいほ》だ。おい、起きろ！」

ハリドンは、警官《けいかん》が酔《よ》っ払《ぱら》いの船員ともみあいをはじめると、さっさと一輪車にまたがり、その場から逃《に》げだした。広場を横切り、警官《けいかん》に見られないうちに建物のあいだに逃《に》げこみ、そこでスピードを落とした。

犬は、すぐうしろをついてきていた。

「ねえ……」犬は、おずおずとハリドンに話しかけた。「〈船長〉というのは、どういう船長なの？　つまり、その、船は持っていないの？」

ハリドンが首を横にふると、犬はさらにたずねた。「どんな風貌《ふうぼう》なの？」

ハリドンは少し考えてから、こたえた。「船長みたいな風貌《ふうぼう》」

「でも、船は持っていないんだね」犬はかみしめるように言うと、思わずしっぽをふった。

「以前は持っていたんだ」ハリドンは、少し間《ま》をおいてからつけくわえた。「ずいぶん昔のことみたいだけど……」

劇場《げきじょう》の支配人《しはいにん》になる前の〈船長〉の暮《く》らしぶりについて、ハリドンはほとんど知らなかった。ふたりが過去《かこ》のことを語りあうことは、めったになかったからだ。それでも、ハリドンは〈船長〉が海に出ていたことを知っていた。たぶん、若《わか》いころの話だろう。

なぜなら、〈船長〉はそのころ持っていた物を、いまも古い鉄の錠前《じょうまえ》のついた木箱につめて、衣装棚《いしょうだな》のいちばん下に置いていたからだ。

木箱には、ハリドンが見たこともない珍《めずら》しい物がたくさんつまっていた。真鍮《しんちゅう》やガラスでできた複雑《ふくざつ》な道具、粗《あら》いロープの束、蜜蠟《みつろう》にささっている針《はり》、コ

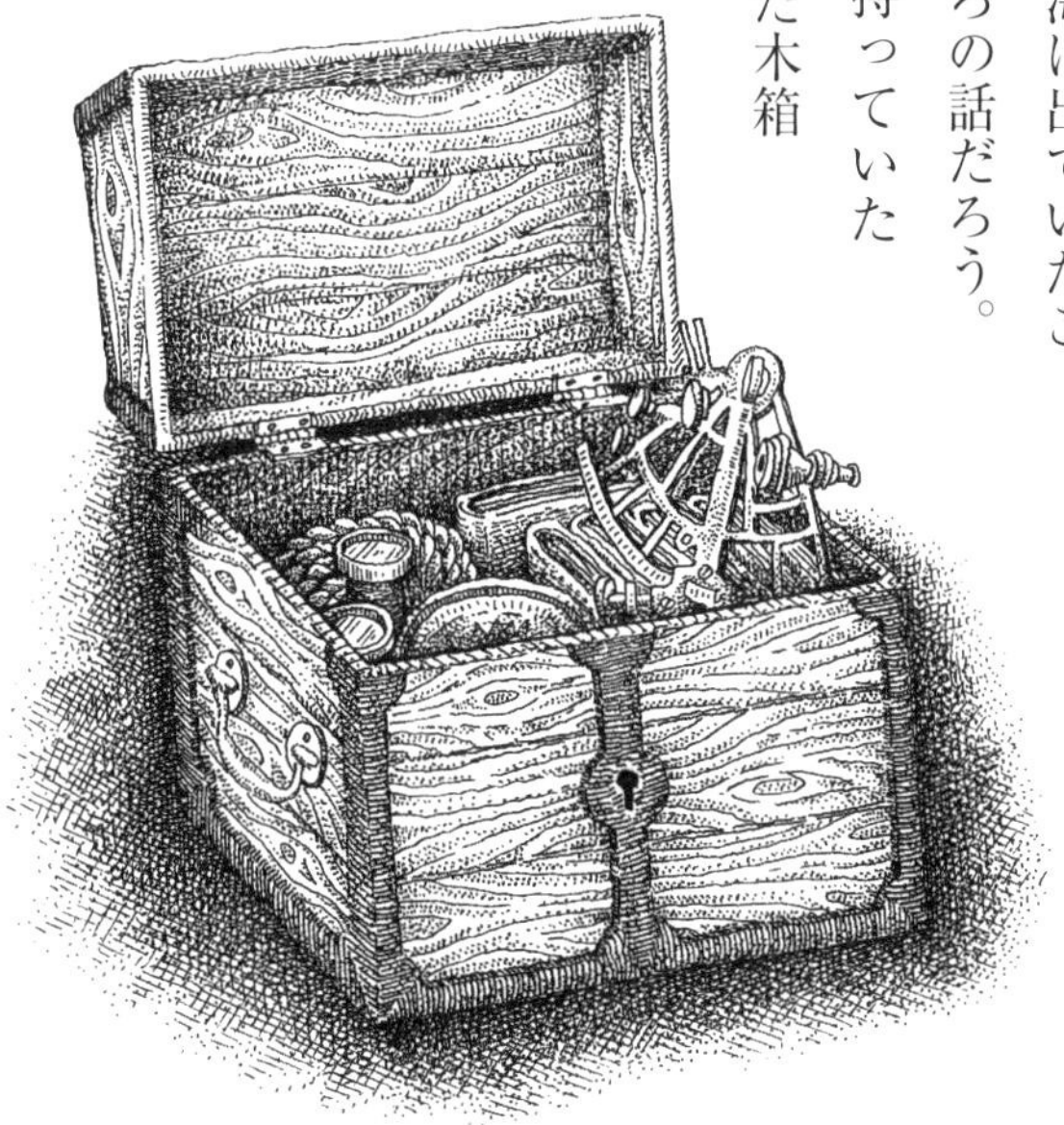

ンパス、むずかしそうな表が載《の》っている本、それから〈船長〉が船で必要だと話してくれた物がいろいろと――。

木箱には、皮ひものついた大きくて黒い双眼鏡《そうがんきょう》も入っていた。ときどき、〈船長〉は双眼鏡《そうがんきょう》を木箱からとりだしてきて、ベランダのゆり椅子《いす》にすわっては海を行く船をながめた。そして、双眼鏡《そうがんきょう》の中に見えるものについて、楽しそうにひとりごとをつぶやいた。「おや、かっこいい船がきたぞ」とか、「あそこに泊《と》まっているのは、ヨンソン・ラインの昔の蒸気船《じょうきせん》じゃないか？」とか。

ハリドンは部屋《へや》の中で、だまってそれを聞いていた。

双眼鏡《そうがんきょう》で船をながめたあとの〈船長〉は本当に機嫌《きげん》がよく、ハリドンにいろんな話をしてくれた。世界じゅうの大海原《おおうなばら》について、舵《かじ》をとる夜の暖《あたた》かさについて、舳先《へさき》（船首）のまわりで遊ぶイルカについて、遠い国々《くにぐに》のうらさびしい海岸への命がけの航海について。

そして、冬が近づくこの季節には、〈船長〉は「南へ行くべきだ」とくりかえした。「一本マストの船を手に入れて、冬のあいだ、暖《あたた》かい海を旅しよう」と。

さらには海図をひろげて、行きたい場所をひとつひとつ指さしながら、旅行の計画をたてはじめるのだった。ときには非常食《ひじょうしょく》のリストまで作ることもあった。

そんなときハリドンは、〈船長〉の話を聞くのは楽しいと思いながらも、いつもとまどいを感じていた。

〈船長〉は遠大な計画をたてるのは得意だが、実行するのは苦手だからだ。劇場《げきじょう》の支配人《しはいにん》だったときは、すばらしい出し物をいくつも考えついて、その実現《じつげん》のために身を粉にして働いたが、現実《げんじつ》には、アイデアよりもすばらしい出し物になったためしは一度もなかった――。

ハリドンが考えごとにひたっているあいだに、犬はあることを思いついた。〈自転車小僧《こぞう》〉に話してみる価値《かち》はあるだろうか。口にだしても、またどなられるだけかもしれない。だが、犬にはそれがとてもすばらしいことに思えた。

「あの……。ひとつ思いついたんだけど」犬は勇気をだして、ハリドンに話しかけた。

ハリドンは、ペダルをこぐ足を止めた。犬の話を聞くためではなく、疲《つか》れたからだった。

「怒《おこ》らないでくれる？」犬は心配そうにきいてから、ハリドンから少し離《はな》れたところに腰《こし》をおろした。「つまり、その……。ぼくが思うに、ためしにやってみようかと……。においをかいで、あとをたどってみようかと。犬がよくするように……。えーっと、なんていうんだっけ？　ぼくって、ばかだなあ。なんていうのか、思いだせないや」

「追跡《ついせき》」かわりにハリドンが言った。「追跡《ついせき》だろ？」

「そう、それ！」犬はうれしそうにさけんだ。「それそれ。〈船長〉の帽子《ぼうし》のにおいをかがしてくれれば、ぼくが追跡《ついせき》するよ。そうすれば、きみのために〈船長〉を見つけられると思うんだ」

ハリドンは疲《つか》れた目で犬を見た。だが怒《いか》りの声はあげず、すぐに文句《もんく》も言わなかった。

そのせいで犬は元気づき、少しおしゃべりになった。「前に一度、三百メートル離《はな》れたハムの包みのにおいをかぎつけたことがある。けっこう、すごいだろ？

ゆでたソーセージと焼いたソーセージのちがいも、においでわかる」

ハリドンはなにも言わずに、犬を見つめた。

犬はさらに得意になって、しゃべりつづけた。「それから、五ブロック先のキャベツをかぎつけた。その日は、風邪《かぜ》をひいていたんだけれどね。たいしたもんだろ? だから、帽子《ぼうし》のにおいをかげば、たちまちにして〈船長〉を見つけられるよ」

ハリドンはあいかわらず、口をつぐんでいる。

犬はさらに調子にのった。

「きみは知らないかもしれないけど、ぼくの家族はみな血統《けっとう》がよくてね。なにを隠《かく》そう、じつはセントバーナードの血筋《ちすじ》なんだ」犬は大声で言うと、ちょっと自《じ》慢《まん》しすぎたと思いなおした。

ハリドンは首をゆっくりとふると、あきれたように犬のぬれた鼻をながめた。

「最後のひと言はうそだよ」犬は認《みと》めた。「でも、ぼくは本当にときどき、においで追跡《ついせき》できることがあるんだ。一生懸命《けんめい》やるよ。だから、おねがい。やらせてみて」

もしもハリドンに〈船長〉を見つけるほかの手立てがあったなら、犬の言うことなどに耳を貸《か》さなかっただろう。だが、ハリドンにはなんの手立てもなかった。なにかしなければならないのは、たしかなのに。

ハリドンはジャケットのポケットから〈船長〉の帽子《ぼうし》をとりだすと、犬の方にさしだした。

「本当に?」犬は拍子《ひょうし》ぬけしたように言った。「本当にやる気?」

「おまえが言いだしたんじゃないか。おれの気が変わらないうちに、早くやれ」

犬は、帽子《ぼうし》のにおいをかぎはじめた。そしてよくよくかいでから、走りだした。通りから通りへ、広場をつっきり、駐車《ちゅうしゃ》してある車の下をくぐり、木立のはえた庭や公園をかけぬけた。

ハリドンは、一輪車であとを追いかけた。

街灯、ベンチ、水飲み場、ゴミ箱、格子《こうし》のはまった地下室の通風口。犬は、道にある、ありとあらゆるもののにおいをかぎまわった。ときどき立ち止まっては息を整え、また走りだした。

いつのまにか、ハリドンと犬は、市庁舎《しちょうしゃ》広場の石の建物がたちならぶ地区からはずっと離《はな》れた、町はずれまでやってきていた。

通りはせまくて暗く、両側につづくすきまだらけの木造《もくぞう》の家のなかには、玄関《げんかん》の扉《とびら》がなく、黒い穴《あな》がぽっかりあいているだけのものもあった。ペンキははげ落ち、小さな窓《まど》はゆがんでいる。

あたりに響《ひび》くのは、不安そうなため息と床《ゆか》やドアのきしむ音。そして暗がりのすみに、ちょろちょろと逃《に》げ隠《かく》れするように動くものが見える。

ハリドンは、うさんくさい隣人《りんじん》を盗《ぬす》み見るように、ちらちらと肩《かた》ごしに目をやった。しだいに気持ちがしぼんで、こんな望み薄《うす》な追跡劇《ついせきげき》なんか投げだしてしまおうか、と思いはじめた。

そのとき、犬がかすれた声でさけんだ。「ここだ、ここに足跡《あしあと》がある！」

そこは、砂利《じゃり》の敷《し》かれたせまい路地だった。

ふたりは、ちょうど街灯の真下に立っていた。

犬はしっぽをふりながら、地面に残る大きな足跡《あしあと》のにおいをかぐと、真顔でたずねた。「〈船長〉の足は大きい？」

「ああ。でも足の大きな人は、いくらでもいるだろ？　ここを歩いたのがほかの人だっていうこともありえる」

「まさか。そんなはずないよ。においをかぎわける犬には、だれの足跡《あしあと》か区別できるんだ。ついてきて！」犬は鼻を砂利《じゃり》にぴったりとつけながら、路地を行ったりきたりした。そして突然《とつぜん》、うれしそうに足をばたつかせ、しっぽと耳をぴんと立てて走りだした。

数百メートルほど行ったところで、犬は立てかけてあった板のまわりをかぎはじめた。

つぎの瞬間《しゅんかん》、バン！　ど音がして、犬の悲鳴があがった。

8 夜明け前

犬はいきおいよく板のまわりをかぎまわり、はたと足を止めたその瞬間《しゅんかん》に、ひとりの男と目があったのだ。

男はにやりとほくそえむと、捕獲網《ほかくあみ》をすばやくひるがえした。

犬は悲鳴をあげて、網目《あみめ》にひっかかった足をばたつかせた。

男は満足そうに汚《よご》れた指先で犬をつつくと、のどをふるわすような甘《あま》い声で言った。「よしよし、わたしはおまえのような可愛《かわい》い小犬が好きなのだよ。まさに、わたし好みだ」

そのとき、男はふたたび耳をそばだてた。

犬が走ってきた方向から、別の音が近づいてくる。自転車の音だ。だが、ふつうの自転車とはちがう。

あれは、一輪車の音……！　男はいそいで犬の首をつかむと、木のおりに投げ入れた。

ハリドンは角を曲がりきると、ちょうど犬がつかまった場所でブレーキをかけた。同時に男の姿《すがた》を見て、背中《せなか》をのけぞらした。

男のすりきれた上着には、おぞましい黒いしみがついている。なんのしみか、知りたくなくてもすぐわかる。

ズボンはずりさがり、底のすりへった大きな靴《くつ》の甲《こう》の上に、たるんだ裾《すそ》がのっかっている。あの大きな靴《くつ》こそ、砂利《じゃり》の上に跡《あと》が残っていたものだろう。

頭にはかつては格好《かっこう》がよかったはずの、つばの大きな帽子《ぼうし》をかぶっている。でもいまではすりきれて、よれよれになっている。

つばの下には面長《おもなが》のあごのとがった顔があり、両目が意地悪くぎらぎらと光っていた。

「こんばんは、わたしの大切なお友だち」男はハリドンに声をかけてきた。「きみのために、なにをしてさしあげようかね？　もちろん、夜中にさまよう者同士、仲よくなって、夜が明けるまで、いろいろと助けあうのもいいものだよ」

ハリドンは、すぐに危険《きけん》を察した。こんなにやさしい甘《あま》い声をだす男なんて、変だ。いますぐ、むきを変えて逃《に》げなければ……。

ハリドンが一輪車の上でバランスをとっていると、男がまた話しかけてきた。「だれか、さがしているのかい？　さがしものは、ビロードのような鼻の、茶色い目をした子犬かな？」

「犬はどこ？」ハリドンは思わず、ききかえした。

すると、男は急に悲しそうな顔になり、ハリドンに一歩近づいた。「夜明け前に、人はみなだれかをさがす。そうじゃないかね、わたしの大切なお友だち。じつは、わたしもそうなんだよ。だれをさがしていると思うかね？　わたしがさがしているのは……」

ハリドンは逃《に》げようとしたが、そのとたん、男は長い腕《うで》をすばやく動かした。

その腕《うで》は、ハリドンの首根っこをおさえこんだ。

男は笑いながら、ハリドンを持ちあげた。「おれは、おまえをさがしていたんだよ。えっ、おれの大切な友だちよ。幸運をもたらすサルというのは、おまえだろ?」

ハリドンには、さっぱりわけがわからなかった。

「りっぱな身なりの紳士《しんし》が、おまえをさがしているのだ」男はふたたび声色《こわいろ》を甘《あま》くして、ハリドンの耳にささやいた。「そして、おれはその仕事をうけおった。おまけに、その紳士《しんし》はこのおれにほうびをはずむと言ったんだ。このおれが役にたつのだと。なあ、おまえだろ? おれにとっての、いちばん大切な友だちは?」

ハリドンは必死にもがいて、男の手をふりはらおうとした。だが、むだだった。男は力が強い。凶暴《きょうぼう》な犬と格闘《かくとう》するのに慣《な》れているのだ。

男はすばやく、木のおりの扉《とびら》をあけた。そこは、ちょうどハリドンと犬がおさまるのにぴったりの広さだった。一輪車の場所はない。一輪車は砂利《じゃり》の上に置き去りにされた。

男はおりをかついで足早に歩きだすと、美しいメロディーを口笛で吹《ふ》きはじめた。口笛は、静まりかえった夜の闇《やみ》に冷たく響《ひび》きわたる。

ハリドンは足で格子《こうし》をけったり、扉《とびら》をおしたりして、おりから出ようと試みた。だが頑丈《がんじょう》なおりは、びくともしない。

ハリドンは男に話しかけてもみた。どうして自分がこんな目にあわされるのか、説明してほしかった。

けれども、男は美しい曲をつぎつぎと、口笛で吹《ふ》きつづけるばかりだった。

ハリドンは、あきらめるしかなかった。

犬はとっくにあきらめたのか、おりの中に寝《ね》そべり、ぎゅっと目をつむったまま、すすり泣いている。

格子《こうし》のあいだから外を見ると、町からどんどん離《はな》れていくのがわかった。

街灯はまばらになり、ガラクタ置き場や廃屋《はいおく》、ゴミすて場、材木置き場のあいだにひろがる森がしだいに濃《こ》くなっていく。

しばらくすると、男はさびしい砂利道《じゃりみち》へ曲がっていった。水たまりが凍《こお》っているらしく、歩くたびに靴《くつ》の下でガシャンガシャンと氷が割《わ》れる音がする。

やがて朽《く》ちはてた道具小屋の前を通りすぎたところで、さびついた鍵穴《かぎあな》に鍵《かぎ》がさしこまれ、鉄の開き戸があく音がした。

犬は不安そうに、うめき声をあげた。

おりが、乱暴《らんぼう》に地面におろされた。

男は口笛を吹《ふ》きつづけながら、おりの扉《とびら》の留《と》め金《がね》をはずした。

それから、ふたたび近くで開き戸がしまる音がした。

ハリドンはおりの扉《とびら》をおしあけると、冷たく湿《しめ》った草の上にはいだした。

犬もついてきた。

そこは、高い木と深いしげみにかこまれた森の中の空き地だった。

空き地のすみの方に、傾《かたむ》いた粗末《そまつ》な小屋がたっている。窓《まど》は板でふさがれ、正面のベランダはぐらついているようだ。

軒先《のきさき》にぶらさげられた石油ランプがひとつ、ぼんやりとあたりを照らしている。

無造作《むぞうさ》に積まれた腐《くさ》りかけの板。さびたトラクターと、ドアもタイヤもないポンコツの自動車が一台ずつ。

ハリドンたちをここまで連れてきた男の姿《すがた》は見えなかったが、小屋の中から低い声がもれていた。電話をしているようだ。

ハリドンは注意をはらいながら、二、三歩、草の上を歩いてみた。すると、自分が柵《さく》の中に閉《と》じこめられていることがわかった。暗くてよくは見えなかったが、空き地のまわりには高い柵《さく》がはりめぐらされているのだ。

おまけに柵《さく》の中にいるのは、ハリドンたちだけではなかった。おびえたような黄色い目が、あっちにもこっちにも光っている。

そこは、男がこれまでにつかまえた野良犬《のらいぬ》たちが入れられている柵《さく》の中だった。

「血統《けっとう》のいい血筋《ちすじ》だって！　まったく、ありがたい！」ハリドンは嫌味《いやみ》っぽく、大声で言った。「おれは、なんてばかだったんだ。こんなしけたチビ犬の言うことを信じるなんて！」

だが、とうの犬はハリドンの嫌味《いやみ》など、聞いてはいなかった。足をふるわせな

がら、柵《さく》のすみでちぢこまり、びくびくしながら、ほかの犬たちを見つめている。

そのとき、小屋のドアがあいて、男がベランダに出てきた。両手をズボンのポケットにつっこみ、柵《さく》の方へぶらぶらと近づいてくると、上気した声で言った。

「たったいま、あの紳士《しんし》と連絡《れんらく》がとれた。いい人だ。おれの電話に、心から喜んでくれた。幸運のサルを見つけたことを、心から感謝《かんしゃ》してくれた。だから、おれもうれしい、そうだろ?」

男はそこまで話すと、逆《さか》さまにふせてある桶《おけ》の上に腰《こし》をおろした。そして地面の砂利《じゃり》をひとつかみにぎると、柵《さく》の中の犬たちにむかって投げつけた。

犬たちはうなりながらも、柵《さく》の奥《おく》へすごすごと退散《たいさん》した。

「ひどいことを……」ハリドンは声をしぼりだした。「おまえは残忍《ざんにん》で、おそろしいやつだ!」

すると、男は大きなため息をつき、物悲しそうな声で言った。

「そうだ。そのとおりだ。みんな、そう言う。みんな、おれをきらっている。残忍《ざんにん》で、おそろしいやつだと……」男は手に残っていた砂利《じゃり》をはらうと、立ちあがった。「だが、あのりっぱな紳士《しんし》は、おれがおおいに役にたったとほめてくれた。すぐにおまえを連れに、ここへくるそうだ。おまえだって、うれしいだろ？　うれしくないのか、幸運のサルめ！」

「うるさい、だまれ！」ハリドンはさけんだ。

男は首をかしげながら、乾《かわ》いた笑い声をあげると、また口笛を吹《ふ》きはじめた。そして、薪《まき》にする板をいくつか抱《かか》えて小屋の中へもどっていった。

じきに、小屋の煙突《えんとつ》から煙《けむり》があがりはじめた。

そのとき、雪がハリドンの頬《ほお》に落ちてきた。つづいて手の上に。黄色がかった灰色《はいいろ》の低い空から、雪ははらはらと舞《ま》い落ちてくる。

森からは、風にこうべをたれる木の枝《えだ》の心細げなざわめきが聞こえてくる。町の音は聞こえない。

ハリドンは少しでも体を温めようと、柵《さく》の中を歩きはじめた。

犬たちはハリドンのことをじっと見つめているが、じゃまをしないように、すみの方によっている。ほとんどの犬がずいぶん長いこと、この柵《さく》の中で暮《く》らしているみたいだ。

ハリドンは足を止め、柵《さく》にもたれかかると、考えをめぐらした。そして、自分の浅はかさを悔《く》やんだ。

男がさっき口にした「あのりっぱな紳士《しんし》」というのは、きっとカジノにいた男のことだ。どうして、あんな男の手助けをしたりしたんだ？　もっとうまく立ちまわればよかった。気をゆるしてはいけなかった。この世の中に、おれに親切にしてくれる人なんて、だれもいないとわかっていたのに。〈船長〉以外は……。

でも、その〈船長〉が今夜、いなくなってしまった。どこかへ行ってしまい、もしかしたら、もうもどってこないのでは……。

とたんに、〈船長〉がもうもどってこないという考えが、ハリドンの頭から離《はな》れなくなった。それは、ずっとさっきから、夜中に目をさましたときから、ハリドンの頭にひっかかっていたことだった。それがいま、胸《むね》の中で大きなかたまりとなってこみあげ、のどの奥《おく》につっかえた。

「そんなはずない！」ハリドンは、声にだして言ってみた。「まさか、そんな……」

それから、ゆっくりと気持ちをおちつけて、自分に言いきかせた。妄想《もうそう》だ。おれは疲《つか》れていて凍《こご》えているから、妄想《もうそう》を抱《いだ》いてしまうんだ。心配することはなにもない。心配することはなにも……。

でも、心配することがないのなら、どうしておれは〈船長〉をさがしまわっているんだろう？　どうしてあのおそろしい夢《ゆめ》を、今夜見たんだろう？

犬はいつのまにか、ハリドンのそばにきていた。上目づかいにハリドンを見あげると、小声でささやいた。「怒《おこ》っているのは、わかってるよ。でも、わざとじゃなかったんだ。こんなことになるなんて思いもしなかった」

ハリドンは聞こえないふりをして、ただぼんやりと前を見つめた。

それでも、犬はしゃべりつづけた。「きみを助けたかったんだ。本当に……」

ハリドンは肩《かた》をすくめて言った。「えっ？　今度はなんの用だ？」

「ううん、な、なんでもない……」犬は消え入るような声でつぶやくと、冷たい砂利《じゃり》の上に腰《こし》をおろして、体を丸めた。

風が強まり、雪はどんどん降《ふ》ってきた。

ハリドンは、おそろしい考えをはらいのけようと必死になった。気持ちを集中しないと。ここから逃《に》げだす方法を考えないと……。だが、体じゅうが痛《いた》みを感じるほど疲《つか》れているときに、気持ちを集中させるのはやさしくはなかった。


それから、どれくらいたったのだろうか。

ハリドンは何度か眠《ねむ》りそうになったが、そのたびにおそろしい夢《ゆめ》に起こされた。柵《さく》の中では犬たちがいっせいに立ちあがり、おちつきなくほえはじめた。

遠くから、車の音が聞こえる。

エンジンの音が近づいてくると、犬たちは足をばたつかせ、柵《さく》の開き戸にむかって、われ先にとおしよせた。

ここから連れだしてもらえると期待しているのが、ハリドンの目にも見てとれた。だが、なかには草の上に横になったまま、うつろな目でさわぎをながめている犬もいた。この柵《さく》の中で長く暮《く》らしてきた犬たちだ。すでに希望を失っている犬たち――。

ハリドンは思わず、自分といっしょにつかまった小さな犬に目をやった。犬もハリドンを見つめかえすと体を起こし、砂利《じゃり》の上にすわりなおした。体はがたがたとふるえているが、それでもなんとか胸《むね》をはると、まじめな顔でハリドンに言った。「幸運を祈《いの》るよ。〈船長〉が見つかりますように」

「ありがとう」ハリドンは小声でこたえると、あらたまって犬にたずねた。「おまえを迎《むか》えにきてくれる人は、だれかいる？」

「もちろんいるよ。ぼくがいなくなったら、さみしがる人がたくさんいるんだ。朝になったら心配して、すぐにきてくれるさ。ぼくなら、だいじょうぶ！」

犬の返事を聞くと、ハリドンはあらためて思った。こいつは、本当にどうしようもないばか者だ。うそをつくのも、どうしようもなく下手《へた》くそだ！

ハリドンはジャケットのポケットから、〈船長〉の帽子《ぼうし》をとりだした。

9 スペードのエース

黒ぬりのタクシーが門柱のあいだをぬけて、庭先にすべりこんできた。ヘッドライトの明かりに、地面がなめるように照らしだされ、あたりはみるみるうちに光と影《かげ》にくっきりとぬりわけられた。
犬たちはおちつきなく、足をばたつかせながらほえたてた。
タクシーは、小屋のベランダのすぐ前で止まった。ブレーキランプのまわりに立ちこめる排気《はいき》ガスが、赤いもやのように見える。
ドアがあいて、うしろの座席《ざせき》からおりてきたのは、まちがいなくハリドンがさっきカジノで出会った男だった。

小屋の中からは、黒っぽいスーツに身を包み、髪《かみ》をきちっと整えた男が出てきた。訪問者《ほうもんしゃ》を歓迎《かんげい》し、何度もぺこぺことおじぎをする。

ふたりは短く言葉をかわした。

カジノの男がお札を何枚《なんまい》か手わたすと、小屋の男はもう一度深々《ふかぶか》と頭をさげ、柵《さく》の方を指さした。

「あ、あの中にいるのか？」カジノの男は声をうわずらせ、目をこらした。

柵《さく》の中では、犬たちが少しでも前に出ようと、おしあいへしあいをしている。

小屋の男は地面から砂利《じゃり》をつかむと柵《さく》の中に投げ入れ、犬たちをだまらせた。

それから開き戸をあけ、ハリドンの襟足《えりあし》をつかんでひっぱりだすと、すぐにまた開き戸に掛《か》け金《がね》をかけた。

犬たちはいっせいに、うめき声をあげた。なぐさめるすべもないような、悲しみに満ちた声もまじっていた。

カジノの男はうれしそうに手をパンパンとたたき、ハリドンに視線《しせん》をむけたまま大きな声で言った。「早くタクシーに乗せてくれ。二度と逃《に》げられないように」

「はいはい、ただいま」こびるような返事だ。「おいそぎでいらっしゃるのは、わかっております。だいじなお仕事が待っていらっしゃると。でも、もしよろしければ、コーヒーでも飲んでいらっしゃいませんか？　うちに訪《たず》ねてくる人なんて、めったにないことですから。すでにテーブルの用意はできております」

「そうだな。コーヒー一杯《ぱい》くらい、ごちそうになるか。だがまずは、このサルを車に乗せてくれ」

小屋の男は言われるがまま、待たせてあるタクシーのうしろの座席《ざせき》にハリドンをおしこんだ。

と同時に、カジノの男もその隣《となり》に飛び乗った。

「あれっ、コーヒーは？　コーヒーのしたくができております。どうぞ中に」

すると、カジノの男は相手をこばかにするように、鼻でせせら笑った。「ばかめ、あんなみすぼらしい小屋に、このわしが本当に足をふみいれると思ったのか？　すぐにも大金持ちになろうとしているこのわしが！」そしてドアをいきおいよくしめると、運転手にただちに車をだすよう命じた。

車の中は暖《あたた》かく、シートの革《かわ》のにおいがした。

外は雪が舞《ま》い、フロントガラスのワイパーが規則《きそく》正しく左右に動いている。

「おまえだとは、すぐにはわからなかったよ」カジノの男は笑いながら、満足そうにハリドンを見つめた。「新しい帽子《ぼうし》を手に入れたのかい？　せっかくだが大きすぎるな。だが、がっかりすることはないぞ。わしは、もうじき、この国でいちばんの金持ちになる。そしたら、おまえにいくらでも帽子《ぼうし》を買ってやるからな」

ハリドンはだまったたまま、〈船長〉の帽子《ぼうし》を目の上までひきずりおろすと、ぶすっとしてたずねた。「いったい、なんなんだよ？　どこへ行くつもり？」

「あの屋敷《やしき》にもどるのだ。ルーレットをしに。おまえは、わしといっしょに賭《か》けをするのだ。なあ、どれくらいもうかるだろう？」男はそう言うと、声をたてて笑った。「それから、モンテカルロへ行こう。そして、ラスベガスへも。わしが金をだし、おまえが口にする数字に金を賭《か》ける。な、すばらしいだろ？　わしは大金持ちになるぞ。もうけにもうけて、億万長者の中の億万長者になってみせる！　車と船を買おう。叔母《おば》にはクリスマスプレゼントに、ずっとせがまれていた電動歯ブラシを買ってやろう。嫌味《いやみ》に百個《こ》ぐらい。いいや、もっといいことがある。千個《こ》まとめて買って、二度と会わなくていいように、叔母《おば》の家に直接《ちょくせつ》、送りつけてやろう」男はククッと笑い、愉快《ゆかい》そうに膝《ひざ》をたたいた。

ハリドンはドアのレバーに手をかけた。「おろしてくれ。町に入ったらすぐに」

すると、男は真顔になって首をかしげた。「おろしてくれだと？　そうはいかん。おまえとわしは、この先ずっといっしょだ。考えてみろ、億万長者になるんだぞ」

「でも、おれは〈船長〉をさがさなくちゃならないんだ。億万長者になっている暇《ひま》なんかない！」ハリドンは言いかえした。

男は、にやりとほくそえんだ。「哀《あわ》れなやつよ。なにもわかっちゃいないんだな。だが、悲観することはない。さっきのように自然にやれば、すべてうまくいく」そしてポケットに手をつっこむと、分厚《ぶあつ》い緑色の札束をとりだした。「見ろ。これは、すべておまえが教えてくれた『14』に賭《か》けて、勝った金だ。な、わかっただろ？」

「あれは、たまたま運がよかっただけさ。おれは、『14』があたりだなんて、ちっとも知らなかった」

男は、またげらげらと笑いだした。「そうだ、おまえは運がいいのだ。でなければ、わしがおまえを必要とすると思うか？　ばかめ」

「幸運なんて一回きりだ。いつまでも、つづくわけがない」

とたんに、男はまた真剣《しんけん》な顔つきになった。「そのとおりだ。幸運は、つづくようにしないとな」

ハリドンは首を横にふった。

男はハリドンのことを、ぎらぎらと血走った目でにらみつけた。そしてタキシードの内ポケットからトランプをとりだし、柄《がら》の面を上にして重ね、ハリドンにさしだした。「いちばん上のカードはなにか、言ってみろ」

「知らない」ハリドンは肩《かた》をすぼめた。

「いいから、あててみろ」

「なんのために？　知らないって言ってるだろ」ハリドンは体をうしろにひいて、無視《むし》しようとした。

だが、男はしつこく身をのりだすと、歯のすきまから声をしぼりだした。「なんのカードか言うんだ。言われたとおりにしないと、自由にしてやらないぞ」

「スペードのジャック……。たぶんね」ハリドンは、いやいやながらこたえた。

男はきっとそうだというように、カードを裏《うら》がえした。

笑顔《えがお》は消えた。

ハートの３だった。

「もう一度。ハートかクラブかダイヤかスペードか?」

「あてられなかったら自由にすると約束してくれる?」

男は大きくうなずいた。

「神に誓《ちか》って?」

「ああ。神と良心に誓《ちか》って。さあ、言え」

「ダイヤ」ハリドンは言った。

男はカードを裏《うら》がえした。クラブの9だった。

「うそをついてるな!」男はかっとなって、どなった。「ごまかそうとしているんだろ。ははん、おまえ、金を全部、ひとりじめするつもりだな。ちょっと待て……」

男の血の気のない顔に、ずるがしこい笑《え》みが浮《う》かびあがった。

男は緑の札を一枚《まい》とりだすと、ハリドンの目の前でふってみせた。「つぎのカードがなにかあてたら、これをやるぞ。どうだ、えっ?」

ハリドンは、ため息をついた。「ハートの5」

だが、それはスペードのキングだった。

男は口をぽかんとあけたまま、カードをにらみつけた。「最後のチャンスだ。つぎのカードをあてたら、わしのポケットにある金を全部やろう。全部だ！」

「むだなことさ」ハリドンは言った。「約束は守ってくれるね？」

「いいから、言え！」どなった男の声がふるえている。

「クラブのクィーン」ハリドンはつぶやいた。

スペードのエースだった。

男はシートに沈《しず》みこみ、手のトランプを床《ゆか》に落とした。

「わしをだましたな」男は、ほとんど聞きとれない声でつぶやいた。

「だましてなんかいないさ！　あんたが勝手に思いこんだだけじゃないか！」ハリドンは大声で言いかえした。「いいか、おれはサルじゃない。おれはハリドンだ。もう自由にしてくれ！」

男はシートにすわりなおすと、後部座席《ざせき》と運転席をわけている仕切りの小窓《こまど》をあけ、ぴしゃりと告げた。「パーティーには、もう行かん。警察《けいさつ》へ行く！」

「承知《しょうち》しました」運転手はこたえた。

「なんのために？」ハリドンは心配になって、たずねた。

「なんのためにだと？」男は声をはりあげた。「おまえのためだ。わしをだましたのだぞ。億万長者になれると。おまえは詐欺師《さぎし》だ。詐欺師《さぎし》は牢屋《ろうや》に入るのだ」

ハリドンは男をおちつかせ、説明しようとしたが、むだだった。

男は完全に腹《はら》をたてていて、まったく聞く耳を持たない。口を真一文字に結んだまま、ただ前方をにらみつけている。

タクシーが警察署《けいさつしょ》の前で止まると、男はハリドンの腕《うで》をわしづかみにして、車からひきずりだし、警察署《けいさつしょ》の入口へひっぱっていった。

ドアをドンドンたたいているうちに、警官《けいかん》がひとり出てきた。ハリドンがさっき市電の停留所《ていりゅうじょ》で出会った警官《けいかん》だった。いまは制服《せいふく》の前をだらしなくあけていて、四角いと思った顔はそう角ばってもいないように見えた。

警官《けいかん》は大きくあくびをすると、目をこすり、ぶすっとしてたずねた。寝《ね》ていたところを起こされたのだ。「いったい、なんの用だ？」

「悪人をつかまえた」男はハリドンをつきだした。「こいつは、ひどい詐欺師《さぎし》だ。褒賞金《ほうしょうきん》はもらえるかね?」

「ずいぶんと小さな詐欺師《さぎし》だな」警官《けいかん》はつぶやくと、ハリドンを上から下までじろりとながめた。

「たとえ小さかろうと、詐欺師《さぎし》をつきだせば、少しは金がもらえるんだろう?」

男はしつこくたずねた。

「まさかそれはない」警官《けいかん》がこたえると、男は吐《は》きすてるようにさけんだ。

「とにかく! こいつを牢屋《ろうや》に閉《と》じこめて、その鍵《かぎ》をすててしまえ!」

警察署《けいさつしょ》の中は暗く、壁側《かべがわ》にならんだ独房《どくぼう》のひとつから大きないびきが聞こえていた。

警官《けいかん》は頭をかくと、机《つくえ》の上のライトをつけた。

「すみません」ハリドンはできるだけ、丁寧《ていねい》に話しかけた。「お、おれは詐欺師《さぎし》なんかじゃないんです。友だちの〈船長〉を、さがしているだけなんです。行方《ゆくえ》

不明なんです。ここで牢屋《ろうや》に入れられたら、おれは、どうやって〈船長〉をさがせばいいんですか……」

「それについては、あとで話そう。まずは書類を書かんとな」警官《けいかん》はそう言うと、スタンプ台と書類をとりだし、机《つくえ》の上にならべて置いた。鉛筆《えんぴつ》を何本も丁寧《ていねい》に削《けず》り、それがすむとハリドンの指紋《しもん》をとった。

そして慎重《しんちょう》な手つきで何枚《なんまい》か書類を書きおえると立ちあがり、空いている独房《どくぼう》へ歩いていって鍵《かぎ》をあけた。

「……〈船長〉を見つけないと」ハリドンはもう一度言った。「いそいでさがさないと」

「わたしには関係ないことだ」警官《けいかん》はきっぱりと言うと、ハリドンの首をうしろからぎゅっとつかんだ。「法律《ほうりつ》は有効《ゆうこう》になった」

ハリドンは抵抗《ていこう》したが、警官《けいかん》はかまわずハリドンを独房《どくぼう》におしこんだ。

「おれは、なにもしていない！」ハリドンはさけんだ。

「そうかあ？」警官《けいかん》は腕組《うでぐ》みをして、勝ち誇《ほこ》ったように、鉄格子《てつごうし》のあいだからハリドンをながめて言った。「一輪車の件《けん》があるだろ? おまえは、許可証《きょかしょう》なしに乗りまわしていたじゃないか!」

「許可証《きょかしょう》ならある」ハリドンはうそをついた。「家に」

「ならば明日、おまえの家へいっしょにとりに行こう。それまでは、おまえはここから出られん。自分の犯《おか》した罪《つみ》を反省しろ。おまえには、その時間が必要だ」

警官《けいかん》はにがにがしそうにそこまで話すと、くるりとむきを変え、机《つくえ》のところへもどり、独房《どくぼう》の鍵《かぎ》の束を机《つくえ》の上に投げるように置いた。いちばん下の引き出しをあけて、柔《やわ》らかそうな大きな枕《まくら》と耳栓《みみせん》をとりだし、椅子《いす》にすわると両足をドンと机《つくえ》の上にのせ、枕《まくら》を頭のうしろにあてがって耳栓《みみせん》をはめた。

ハリドンはすぐに、独房《どくぼう》のベッドにすわりこんだ。隣《となり》の独房《どくぼう》では、市電の停《てい》留所《りゅうじょ》にいたあの酔《よ》っ払《ぱら》いの船員が口をあんぐりあけて、いびきをかいて寝《ね》ているのが見える。

じきに、警官《けいかん》も大きないびきをかきはじめた。

ハリドンはそのときになって、ようやく頭にかぶっていた〈船長〉の帽子《ぼうし》をゆっくりと脱《ぬ》いだ。

頭はむれていた。

ハリドンの頭の上には、あの小さな犬が、これ以上ないほど姿勢《しせい》を低くしてのっていた。

10　ドライミルクと釘《くぎ》

ハリドンは、犬を頭からベッドの上におろした。

犬は目をぎゅっと閉《と》じ、鼻を前足のあいだにうずめている。ハリドンが軽くゆするまで、犬は目をあけようとはしなかった。

「ここはどこ?」犬はささやいた。

「牢屋《ろうや》の中」

犬は天井《てんじょう》のランプに目をしばたたかせた。「ぼくをつかまえた男は?」

「自分の家にいる」

犬はゆっくりと立ちあがった。だが足がこわばっていて、体を支《ささ》えるのがやっとだった。「き、きみがぼくを助けてくれたの？」

ハリドンは肩《かた》をすくめた。「ということになるな」

犬はベッドに腰《こし》をおろすと、ハリドンをじっと見つめた。

ハリドンはこまったように、顔をしかめてみせた。

すると、犬はあわてて言った。「ぼくなら、ひとりでも、なんとかなったとは思うけど」

ハリドンはうなずいた。でも、それが真実でないことは、よくわかっていた。

ふたりは、おしだまった。

しばらくすると、犬はベッドから床《ゆか》に飛びおりて、においをかぎまわりはじめた。牢屋《ろうや》に閉《と》じこめられているとわかると、ハリドンにたずねた。「どうしたら、ここから出られる？」

「無理だな」

「でも、ぼくたち、〈船長〉をさがさなくちゃいけないんでしょ？　そうだよね？」

ハリドンはこたえなかった。

犬は鉄格子《てつごうし》に近づくと、「ぼくなら、通れる」といって、うれしそうにしっぽをふった。

「だったら、表のドアの陰《かげ》に隠《かく》れていろよ。ドアがあいたら、逃《に》げだせばいいさ」ハリドンは言った。

「でも、きみは？　どうやって、ここから出るの？」

ハリドンは両手で頭を抱《かか》えた。「無理だっていったろ？」

すると犬は首をのばして、格子《こうし》のあいだから顔をだした。それからベッドの上にもどってくると、ハリドンの横にすわった。

「警官《けいかん》は、ぐうぐう寝《ね》てるよ」犬はささやいた。「鍵《かぎ》をとってこられればいいんだけど」

ハリドンは顔をあげた。鍵《かぎ》の束は机《つくえ》の上にのっている。心臓《しんぞう》が高鳴った。「おまえ、とってこられると思う？」

「もちろんさ」犬は自信ありげにこたえた。「見てて」

そう言ったとたん、犬はもう鉄格子《てつごうし》のあいだをすりぬけていき、音をたてずに警官《けいかん》の机《つくえ》へ歩いていった。

「気をつけろ」ハリドンは緊張《きんちょう》して、小声でつぶやいた。「気をつけろ。ぜったいに起こすな」

犬はこっくりうなずくと、机《つくえ》のまわりをひとまわりした。むこう側にキャスターつきの椅子《いす》があった。

犬は助走をつけて、椅子《いす》に飛び乗ろうとした。

ところが椅子《いす》がすべって動き、子犬は床《ゆか》にしりもちをついてしまった。小さな音だったが、ハリドンの耳にはとても大きく聞こえた。

警官《けいかん》はさらに大きないびきを響《ひび》かせ、不愉快《ふゆかい》そうに、もそっと体を動かした。

犬は立ちあがると、もう一度助走をつけた。

ハリドンは息をつめた。

今度は、椅子《いす》に乗《の》ることができた。そこから机《つくえ》に移《うつ》るのは、たやすい。開いたままになっている引き出しを足台にすればいい。

犬の足はがくがくふるえているが、目はじっと警官《けいかん》を見つめている。警官《けいかん》はぐっすり眠《ねむ》っている。

犬はようやく椅子《いす》から机《つくえ》の上にわたると、紙や鉛筆《えんぴつ》につまずかないように慎《しん》重《ちょう》に、そろそろと歩を進めた。

机《つくえ》の上に置かれた鍵束《かぎたば》は重そうだ。音をたてずにくわえて、持ちあげられそうもない。

犬はためらった。

ハリドンは、鉄格子《てつごうし》を両手でにぎりしめた。がんばれ。やってみるんだ！

犬は前かがみになると首をかしげて、歯でしっかりと鍵束《かぎたば》をくわえた。運がいいことに、鍵束《かぎたば》はくわえやすい大きさだった。

犬はそろりそろりと、鍵束《かぎたば》を持ちあげた。うまい！　鍵束《かぎたば》が机《つくえ》の表面をかする音しか聞こえない。

「よし、いいぞ」ハリドンはささやいた。

犬は大きな目でハリドンを見つめかえした。同時に、しっぽをふってしまった。

それがまずかった。

だが、犬を責《せ》めることはできない。小さな犬というのは、しっぽをふるのを自分ではコントロールできない。うれしいときは、そうしようと思わなくても、自然としっぽがゆれてしまうのだ。

あとは、あっというまのできごとだった。

犬のしっぽが机《つくえ》の上のインクつぼにあたり、インクつぼが寝《ね》ている警官《けいかん》の胸《むね》にころがり、警官《けいかん》は驚《おどろ》きの声をあげて目をさまし、犬を目にし、びっくり仰天《ぎょうてん》して、眼鏡《めがね》を床《ゆか》に落とした。しかも立ちあがろうとして、その眼鏡《めがね》をふみつぶした。

眼鏡《めがね》は、粉々《こなごな》に割《わ》れた。

犬は口にくわえていた鍵束《かぎたば》のせいでバランスを崩《くず》し、机《つくえ》から落ちた。

警官《けいかん》は犬と眼鏡《めがね》に気をとられ、すぐに動きだすことができなかった。「なんだ、この犬！　眼鏡《めがね》はどこだ？」となると、ようやくよろよろと立ちあがった。

犬はあまりのおそろしさに、どうしていいかわからなくなっていた。部屋《へや》の真ん中につっ立って、鍵束《かぎたば》をくわえたまま、ぶるぶるとふるえている。

警官《けいかん》は目を細めると、ドアの方へそろそろと歩いていき、ドアを少しだけあけた。

とたんに、冷たい風と大きな雪片《せっぺん》が、部屋《へや》の中に吹《ふ》きこんできた。

「出ていけ！　さあ早く」警官《けいかん》はドアを指さしながら、犬にむかってさけんだ。

犬は頭を働かすことも、体を動かすこともできなかった。

すると警官《けいかん》はほうきをとってきて、いきおいよく犬を表へはきだし、ドアをしめた。それから大きくため息をついた。

「犬のやつ、いったいどこから入ってきたんだ？」

ハリドンは、頭をがっくりと鉄格子《てつごうし》にもたせかけた。

そのとき、隣《となり》の独房《どくぼう》から、まだ酔《よ》いのさめきらないような寝《ね》ぼけた声がした。

「おーい、なんのさわぎだ?」

「なんでもない」警官《けいかん》はこたえると机《つくえ》にもどり、眼鏡《めがね》をさがしはじめた。「おまえは寝《ね》ていろ」

だが船員はむっくり起きあがると、ベッドにすわりなおして足をぶらつかせた。上着もセーラー帽《ぼう》も、夜中と同じ服装《ふくそう》だ。

船員は大きくあくびをすると目をこすり、かすれた声で言った。「おれはつかまっちまったのか? うっ、やばい! いま何時だ?」

警官《けいかん》は、腕《うで》時計を見た。「もうすぐ五時半……のようだ」

「五時半!」船員は大声をあげると、あわてて立ちあがった。「もう明るくなっているか?」

「たぶんな」警官《けいかん》はもっそりとこたえた。「それがどうした?」

「どうしただと? 船に乗りおくれちまうじゃないか。畜生《ちくしょう》、すぐにここからだしてくれ！」

警官《けいかん》は両手をズボンのポケットにつっこむと、かかとに体重をかけ、ふんぞりかえって言った。「それは無理というものだ。見ればわかるだろ？」

「なんだと？」船員はすごむように言いかえすと、鉄格子《てつごうし》をガタガタとゆすりはじめた。「おれの乗る船が、夜明けとともに出ちまうんだ。早くここからだしてくれ！」

警官《けいかん》は少し気になったようだ。「なんという船だ？」

「エスペランサ号だ。貨物船だ。おれは、その船の甲板員《かんぱんいん》だ。ドライミルクと釘《くぎ》を積みこむんで、港に停泊《ていはく》している。これからカラカスへ行き、そこでゴムを積んでハドソン湾《わん》まで行くんだ」

「おまえがいないとわかれば、船は出ていかんだろ？」

「ばかな！　港には船員なんか、はいてすてるほどいるんだ。この寒い時季、南へ行く船に乗りたくないやつなんているものか！　さあ早く、鍵《かぎ》をよこせ」

「犯罪者《はんざいしゃ》をそう簡単《かんたん》に釈放《しゃくほう》するわけにはいかんのだ。まずはそのことを考えろ！」

「犯罪者《はんざいしゃ》だと？　おれがなにしたっていうんだ？」

すると、警官《けいかん》は机《つくえ》のむこうの引き出しへよろよろと歩いていき、書類をとりだすと、ぱらぱらとめくった。

「ここにある。おまえのことだ。逮捕《たいほ》番号〇四〇七号、船員一名。いびき、ビールのにおい、公衆《こうしゅう》の場における……」

「少し飲んだだけだ」船員は肩《かた》を落として言った。「陸にいられる最後の夜だ。なあ、心から謝《あやま》る。もう二度としない。だから、たのむ。ここからだしてくれ」

「ふうむ」警官《けいかん》は、こまったように首のうしろをかいた。「深刻《しんこく》な犯罪《はんざい》ではあるが……。船に乗りおくれるというのは、罰《ばつ》としてはちょっと重すぎるか……。今度からは気をつけるな」

「約束する！」船員はさけんだ。

「そういうことなら」警官《けいかん》は、にやりと笑った。「今回だけは目こぼししてやろう」そして机《つくえ》へもどると、鍵束《かぎたば》をさがしはじめた。

だが見つからない。かわりに目に入ったのは、自分の眼鏡《めがね》だった。

警官《けいかん》はしゃがみこんで、眼鏡《めがね》をひろった。

ガラスは両目とも割《わ》れていた。

警官《けいかん》は、眼鏡《めがね》をくずかごに投げすてた。

入らなかった。

警官《けいかん》はふたたび、鍵束《かぎたば》をさがしはじめた。ズボンのポケットをさぐり、それから机《つくえ》のまわりの床《ゆか》を見てまわった。

「なにやってる？　おれは一分を争ってるんだぞ！」船員はいらいらして大声をあげた。

「おかしい……」警官《けいかん》は、ひとりごとをつぶやいた。

「なにが？」

「おかしい。たしかここに置いたはずなのに」警官《けいかん》は真顔になった。「鍵束《かぎたば》がなくなっている……」

「なくなっているだと？　とんまなこと言ってないで、早くさがせ！」

「さがしたのだが、眼鏡《めがね》がこわれてしまっていて、よく見えんのだ。家へ帰って、予備《よび》の鍵《かぎ》をとってこよう」

船員はあきれて、額《ひたい》に手をあてた。「家？　どれくらいかかる？」

「すぐだ。自転車で行く」警官《けいかん》はうけあうと、コートを着て帽子《ぼうし》をかぶり、ドアからあわただしく出ていった。あせっていたので、ドアをきちんとしめるのも忘《わす》れて。

船員は警官《けいかん》の悪口をぶつくさつぶやきながら、独房《どくぼう》の中を行ったりきたりしはじめた。

ハリドンは、鉄格子《てつごうし》の前につっ立ったままでいた。頭が混乱《こんらん》して、考えがまとまらない。

この寒い時季、南へ行く船に乗りたくないやつなんているものか！　いま、船員はそう言った。南の暖《あたた》かい国へ行く……。ハリドンは、〈船長〉がいつも同じことを言っていたことを思いだした。

隣《となり》の船員は、ほかになんて言った？　カラカスへ行き、それからハドソン湾《わん》へ行く。カラカス？　ハドソン湾《わん》？　ハリドンには、このふたつがどこにあるのか、さっぱりわからなかった。だが、とても魅力的《みりょくてき》な場所のように思えた。〈船長〉がいつも夢《ゆめ》見ていたような……。

人は夢《ゆめ》を実現《じつげん》しないといけない……。

突然《とつぜん》、ハリドンの頭の中に、エッラのジャズバーが浮《う》かんだ。

エッラは、〈船長〉が今夜ここにきたと言った。そして、〈船長〉はエッラに話した。人は夢《ゆめ》を実現《じつげん》しないといけない……。

おそろしい考えが頭の先からつま先へとかけぬけ、ハリドンは体じゅうが冷たくなるのを感じた。こぶしの関節が白くなるほど、鉄格子《てつごうし》をにぎりしめる。膝《ひざ》の力がぬけて、立っているのがやっとだ。頭の中では、船員の言葉がくりかえし響《ひび》いている。

港には船員なんか、はいてすてるほどいるんだ。この寒い時季に南へ行く船に乗りたくないやつなんているものか……。エスペランサ号は、夜明けとともに出港する。

そのとき、船員が急に大声をあげた。「おおっ！」

ハリドンが目をやると、船員も同じように鉄格子《てつごうし》をきつくにぎっていた。その目は、半開きのドアに釘《くぎ》づけになっている。

ハリドンもドアの方に目を移《うつ》した。すると、ドアのすきまから、ぴくついた鼻がのぞいているのが見えた。

と思うや、犬が敷居《しきい》をひょいと飛びこえて入ってきて、体をふって毛についた雪をはらった。

同時に、口にくわえた鍵束《かぎたば》がジャラジャラと音をたてた。

船員は、いま警察署《けいさつしょ》で目にしたことを、これから先、何度も何度も人に語るだろう。

語るたびに、聞いている人は首を横にふり、あきれてこう言うだろう。「作り話もいいとこだぜ」と。

すると、船員はもう一度その話をして、本当に本当の話だとくりかえすだろう。

「小さな犬がドアから入ってきた。みすぼらしい小さな犬だった。まるで、シンガポールの港にいるネズミぐらいの大きさの……。

犬は隣《となり》の独房《どくぼう》へまっすぐ走ってきて、口にくわえていた鍵束《かぎたば》を鉄格子《てつごうし》の中に投げ入れた。

独房《どくぼう》にいたのは、見たこともない不思議なやつだった。背《せ》がとても低くて、つりあがった目をしていた。おまけに、サーカスの芸人が着るような、変わった服を着ていた。

まずは、そいつが自分の独房《どくぼう》の扉《とびら》をあけて、それからおれの独房《どくぼう》の鍵《かぎ》をあけてくれた。

そいつは、行方《ゆくえ》不明の〈船長〉がどうのこうのとわめいていたが、おれには聞いている暇《ひま》なんかなかった。港へつづく道を、おれはひたすら走りつづけ、そしてエスペランサ号が岸壁《がんぺき》を離《はな》れる寸前《すんぜん》に飛び乗った。本当に本当の話さ！」

すると、聞いている人たちは「なるほどな」と言って、大笑いするだろう。

11　吹雪《ふぶき》

吹雪《ふぶき》は海を越《こ》えて、西からやってきた。冷たい風が雪を運びながら町を吹《ふ》きぬけ、煙突《えんとつ》や排水溝《はいすいこう》の中に不気味な音を響《ひび》かせた。

家々《いえいえ》の屋根の上には黒い雲がかかっていたが、それ以外のものはすべて、白一色に包まれていた。

ハリドンは警察署《けいさつしょ》を飛びだすと、船員を追って走りつづけた。「待って！　待ってくれ！」

船員は一瞬《いっしゅん》ふりかえると、顔にあたる雪を手でさえぎりながら、さけんだ。

「なんなんだ？　おれは待っている暇《ひま》なんかない。船が出てしまう」

「でも〈船長〉が！　〈船長〉がその船に……」

「あたりまえだ、行くぞ！」船員はどなりかえすと、頭を大きくゆすって、また走りだした。

ハリドンは船員の上着をつかもうとしたが、空をつかんだだけで、バランスを崩《くず》し、ころんでしまった。「〈船長〉を行かせないで。止めてくれ……」もう一度、息を切らしながらさけんだが、船員は港につづく下り坂を大股《おおまた》で走っていき、ハリドンの視界《しかい》から消えていった。

ハリドンは起きあがると、すぐにあとを追った。さっきまで感じていた痛《いた》いほどの冷たい風も、むちのように顔にあたる雪も、もうなにも気にならなかった。襟足《えりあし》から背中《せなか》に入ってくる雪の冷たさも、まったく感じなかった。

ハリドンは、ただ走りつづけた。

いま、ハリドンには、なにもかもがはっきりした。

どうして夜中に目がさめたのか、どうして〈船長〉をさがしに出たのか。心の中ではすでに、よくないことが起きるとわかっていたのだ。〈船長〉が劇場《げきじょう》を去るときめたあの朝、不吉《ふきつ》な予感がしたのと同じように。

あの朝は、ぎりぎりでまにあった。でも今日はもう、まにあわないかもしれない。それは、おれのせいだ……。

犬には、ハリドンが無我夢中《むがむちゅう》で走っていく理由がわからなかった。知ることができるとも思わなかった。

それでも、犬はハリドンにおくれをとらないように、体じゅうに力をこめて吹雪《ふぶき》に立ちむかった。わき道から突風《とっぷう》が吹《ふ》きつけてくるたびに、吹《ふ》き飛ばされないように何度も地面に身をふせなければならない。そのあいだに、ハリドンを見失ってしまう。だが、なんとか正しい道をえらびわけて走っていき、すぐにまたハリドンを視界《しかい》にとらえることができた。

ふたりの行く道は、港へつづいていた。

ハリドンにとっては、不慣《ふな》れな場所だ。

道幅《みちはば》がひろくなる。風は、低い倉庫や船会社のどっしりとしたレンガ造《づく》りの建物のあいだを吹《ふ》きぬけるとき、いっそういきおいをました。

CARGO

税関《ぜいかん》の屋根に、カモメがよりそうように止まっている。そのむこうに、雪空を背景《はいけい》にして、クレーンの黒いシルエットが浮《う》かびあがる。

船員教会の鐘《かね》が六回鳴った。

ハリドンは立ち止まった。息があがってしまい、胸《むね》が苦しい。

あの船員は、どっちへ走っていったのだろう？　エスペランサ号はどこに泊《と》まっているのか？　もう出港してしまっただろうか？

ハリドンは、ふたたび走りだした。埠頭《ふとう》へ行くのに、いちばん近い道をえらんだ。目の前に見えるのはクレーンだけ。

トタンばりの大きな倉庫の角をまわると、そこは行き止まりの路地だった。荷積み用の桁《けた》の高い桟橋《さんばし》と、山のように積まれた材木があるだけで、埠頭《ふとう》につづく道はない。

ハリドンは、きびすをかえした。そして激《はげ》しいむかい風の中、隣棟《となりむね》の倉庫の壁《かべ》にそって走った。ひとつ目の角までくると、ようやく一隻《せき》の船が見えた。

ハリドンは足を止めずに、そのまま船荷の長い列の前を走りつづけた。人影《ひとかげ》はまったく見えない。なんてさびしい場所なのだろう。

顔にあたる雪を手でふせぎながら走っていたハリドンは、突然《とつぜん》、立ち入り禁止《きんし》区域《くいき》の金網《かなあみ》にぶつかった。

ハリドンはいま、埠頭《ふとう》のすぐそばまできていた。停泊《ていはく》している船と船のあいだに、あれくるう波が見えている。

だが金網《かなあみ》がじゃまして、埠頭《ふとう》には出られない。金網《かなあみ》は高く、出口もない。

「〈船長〉！」ハリドンは金網《かなあみ》をゆさぶりながら、必死になってさけんだ。

犬は、ようやくハリドンに追いついた。どうしてハリドンに追いつけたのか、不思議なくらいだ。

「なにしてるの？　なにが起きたの？」犬はたずねた。

「埠頭《ふとう》に出なければ。もっと船のそばに行きたいんだ」

犬にはハリドンが埠頭《ふとう》に出たがる理由はわからなかったが、どうやって出るかは知っていた。

「こっちだよ！」犬はさけぶと、もときた道を走りだした。

犬は、これまでに何度も港にきたことがあった。

港は、野良犬《のらいぬ》のあいだでは人気のある場所だからだ。船が荷物を積みおえて、錨《いかり》をあげるとき、じつにさまざまないい物にありつける。埠頭《ふとう》に、バナナの山や箱のつぶれた果物《くだもの》がすてられていることもあった。

だが、そこはまた野良犬《のらいぬ》たちにとって、危険《きけん》な場所でもあった。港の警備員《けいびいん》は、野良犬《のらいぬ》をおどかすために、銃《じゅう》を持っていることがあるからだ。

だから、犬は本当におなかがすいて、どうしようもないときにだけ、港へ近づくことにしていた。

けれどもいま、犬の頭には警備員《けいびいん》のことも、銃《じゅう》のこともなかった。あるのは、ただいそぐこと。

海につきだした埠頭《ふとう》にむかって、鉄道の線路がまっすぐにつづいている。線路と平行して、倉庫がたちならんでいる。

犬とハリドンは、線路にそって走った。じきに、線路は横一列にならんだクレーンの下をくぐった。その先に、海がひろがっていた。

やっと埠頭《ふとう》に出られたのだ。

そこでは不気味な風の音が、沖《おき》からおしよせる波の音と重なりあって響《ひび》きわたっていた。波は、港を守る突堤《とってい》にあたって砕《くだ》け散る。海のにおいは塩辛《しおから》い。

ハリドンは途方《とほう》にくれて、あたりを見まわした。

大きなライトが埠頭《ふとう》を照らし、円錐形《えんすいけい》の光の中に雪が激《はげ》しく舞《ま》っている。埠頭《ふとう》の両側に、船が何隻《なんせき》ももやってある。その多くはデッキに明かりがついていて、吹雪《ふぶき》の中でもエンジンの音が聞こえるが、人の気配はない。

エスペランサ号はどれだろう。貨物船というからには……。ハリドンは考えながら、船が何隻《なんせき》も停泊《ていはく》している方へ、さらに走っていった。

犬も、あとからぴったりとついていった。

一隻《せき》ごとにハリドンは足を止め、船尾《せんび》に書かれた名前を読んだ。

デシーレ、フレデリシア・コペンハーゲン、スヴァールバード、ヘトヴィグ・ロストック……。

ハリドンは、ふたたび足を止めた。このまま先へとつづけるべきか。それとも、

もどって別の埠頭《ふとう》をさがすべきか。

時間は刻々《こっこく》とすぎていく。まるで、頭の中で時計がせわしなく時を刻《きざ》んでいるかのようだ。

そのとき、やっと埠頭《ふとう》を横切って歩いていく人の姿《すがた》が目にとまった。かなり距離《きょり》が離《はな》れているうえに、降《ふ》りしきる雪の中では、背中《せなか》を丸めて歩いていく人がだれか、識別《しきべつ》するのはむずかしい。

「すみません！」ハリドンはさけぶと、すぐに走りだした。「ちょっと待って！」

人影《ひとかげ》は、低い小屋のあいだに消えた。

ハリドンはあとを追った。

両側に、粗末《そまつ》な木造《もくぞう》の小屋がならんでいる。その一方の窓《まど》のひとつに明かりがともり、ドアの上では、『バー　三人の兄弟』と書かれた看板《かんばん》が、風に激《はげ》しくゆれていた。

ハリドンはありったけの力をこめて、ドアをあけた。とたんに、店の中へころがりこんでしまった。

タバコとビールと湿《しめ》ったウールの生暖《なまあたた》かいにおいが、鼻をつく。せまい部屋《へや》だ。青くぬられた壁《かべ》。くもったガラス窓《まど》。セメントがむきだしの薄《うす》汚《よご》れた床《ゆか》。

木でできた背《せ》の高いカウンターのむこうに、あごのとがった小柄《こがら》な女の人が立っていて、布巾《ふきん》でグラスをふいている。

女はむっとしたように、ハリドンに視線《しせん》を投げかけた。「もう閉店《へいてん》よ」

ハリドンはドアの前に立ちつくした。

数人の客が、幅《はば》ひろいテーブルのまわりにすわっている。

たったいま埠頭《ふとう》で見かけた男は、ちょうど帽子《ぼうし》を脱《ぬ》いで、雪をはらっているところだ。

「しめたばかりなのよ」女はもう一度いうと、新しいグラスを手にとった。「だれか、さがしてるの？」

「はい」ハリドンはあえぎながら、静かにこたえた。声で不安な気持ちをけどられたくなかった。「〈船長〉をさがしているんです」

「船長？　船長さんなら、うちの店にはたくさんくるわよ。そのうちのだれ？」

もちろん、〈船長〉です！　とハリドンは大声をあげたかったが、気持ちをおさえて言った。「体の大きな、あごひげをはやした……」

すると、ほかの客たちがにやにやしながら、ハリドンをふりかえった。女も、にやりと笑《え》みを浮《う》かべた。「ああそう。その船長ね。最初からそう言えばいいのに」

とたんに、店の中に笑い声が響《ひび》いた。

ハリドンは目のまわりが熱くなり、顔が赤くなっているのを感じた。すぐに店から走って逃《に》げだしたかった。

だが、足が動かなかった。

ドアのそばのテーブルに、飲みほしたビールのグラスを抱《かか》えた荷役《にやく》（船荷の積み下ろしをすること）の男が、ぐったりとよりかかって眠《ねむ》っていた。

汚《よご》れた服は、この季節には薄《うす》すぎる。髪《かみ》はぐちゃぐちゃで、鼻水がたれている。ただひとつ、マフラーだけがりっぱだった。灰色《はいいろ》の地に緑のストライプ。ハリドンには見覚えがあった。

〈船長〉のマフラーだ！

「ねえ、起きて！」ハリドンはさけびながら、男の腕《うで》をゆさぶった。

男は鼻水をすすり、激《はげ》しくせきをした。

「そのマフラー、どこで手に入れたんだ？」ハリドンがたずねると、男は顔をあげ、いまいましそうに目をつりあげた。

「だれだ、おまえ？」

「そのマフラーをどこで手に入れたか、きいてるんだ」

男は、うっとうしそうに体を起こした。「それがどうした？」

ハリドンには説明している暇《ひま》はなかった。ただ、がむしゃらに男の腕《うで》をゆすりつづけた。

「しょうがねえなあ、このガキは……」男は、親しみをこめた口調になった。

「このマフラーはな、埠頭《ふとう》の先で親切なだんなからもらったんだ。自分より、おいらのほうが、こいつが必要だろうと言ってな。わかったか？」

「どこ？　埠頭《ふとう》のどこで？」ハリドンは、さらに質問《しつもん》をあびせた。

「灯台にいちばん近いところ。あそこに泊《と》まっている貨物船に、荷物を積んでいたときさ。なんていったかな、あの船。エスペランサ号だったかな。まったく、こんな天気の日に働かなくちゃならんとは。マフラーのおかげで、ちっとはましだったがよ……」

ハリドンはもう、外に飛びだしていた。

12 出港

バーを飛びだしたあと、エスペランサ号の停泊《ていはく》する埠頭《ふとう》まで、どこをどう走っていったのか、ハリドンはなにひとつ思いだせなかった。

ただひとつ覚えているのは、頭の中をかけぬけていった声と映像《えいぞう》だった。

〈船長〉がベランダに立って、双眼鏡《そうがんきょう》でなつかしそうに水平線をながめている。

〈船長〉は部屋《へや》に入ってくると、テーブルに大きな海図をひろげて、行ってみたい場所をあちこち指さす。

「見知らぬ土地へ行くのなら、船で行くのがいちばんだ。船のデッキからながめる新しい世界ほど、心おどるものはない」と、〈船長〉はいつもの口癖《くちぐせ》をつぶやく。力のこもったはっきりとした声で、新しいアイデアを語る。

そして夜おそくまで、テーブルの前にすわって計画を練る。ハリドンの頭から、けっして離《はな》れることのなかった計画。ハリドンにさとられるとめんどうなので、〈船長〉が本当の気持ちを隠《かく》していることを、ハリドンは思い知る――。

ハリドンが埠頭《ふとう》へたどりついたとき、エスペランサ号はちょうど出港していくところだった。

煙突《えんとつ》からもくもくと吐《は》きだされた真っ黒な煙《けむり》が、降《ふ》りしきる雪の中へひろがっていく。

デッキの船員たちは、埠頭《ふとう》の杭《くい》から解《と》きはなたれたロープをひきあげはじめていた。

「面《おもて》(船首)よし！　艫《とも》(船尾)よし！」力強い声がブリッジにむかって響《ひび》いた。

エンジンの音は、ハリドンのさけび声をかき消した。

むかい風の方向に船が動きだすと、スクリューにかきだされた水が滝《たき》のように岸壁《がんぺき》を洗《あら》った。

ハリドンは必死になって両腕《りょううで》をふりまわしたが、船の上の人間でそれに気がつく者はいなかった。デッキの船員たちは、ひきあげたロープをまとめるのに夢《む》中《ちゅう》なのだ。

ブリッジにいる人たちも、雪のはりついた窓《まど》ごしでは、埠頭《ふとう》にいるハリドンの姿《すがた》など見えるはずもなかった。

エスペランサ号はゆっくりと、港の出口へむかって動きだした。

ハリドンは、あてもなく腕《うで》をふりつづけた。同時に、目に入る雪をふせごうとした。

いま、デッキにはおおぜいの人がいるが、顔の区別はつかない。

とうとうハリドンは船のあとを追って、埠頭《ふとう》を走りだした。埠頭《ふとう》の端《はし》までくると、さらに、その先につづく突堤《とってい》の上へ走りでた。

突堤《とってい》の先端《せんたん》には、灯台が立っている。陸地からいちばん離《はな》れた港の出口に立つ灯台は、同じテンポでゆっくりとまわる黄色い光をはなっている。

突堤《とってい》の石はすべりやすい。打ちよせる波にたえまなく洗《あら》われている。ハリドンは少しでも波をよけようとして、せまい突堤《とってい》の真ん中を走っていった。

エスペランサ号ははじめのうちこそ、ハリドンと平行して進んでいたが、じきに速度をあげた。突堤《とってい》からの距離《きょり》がひろがるにつれ、船上の人影《ひとかげ》もまばらになった。

それでも、ハリドンは走るのをやめなかった。両手をふりながら、「〈船長〉！〈船長〉！」と風の中でさけびつづけた。

ついに、灯台の真下まできた。そばで見あげると、灯台はまるで天に届《とど》くかと思えるほど高かった。

ハリドンは、灯台の壁《かべ》にめぐらされている鉄のてすりにつかまった。そうしなければ、突堤《とってい》の先端《せんたん》にあたって砕《くだ》ける波にさらわれ、海に落ちてしまっただろう。海までは一メートルもなかった。

エスペランサ号はすでに突堤《とってい》の先をまわり、外海の激《はげ》しい波にゆれていたが、

風に逆《さか》らい、ひろい沖《おき》へと進んでいこうとする。

ハリドンは最後の声をしぼりだし、「〈船長〉！」とさけぶと力つき、手すりをつかんだまま、その場にがっくりと沈《しず》みこんだ。

犬はすべりやすい石に足をふんばりながら、ハリドンのあとを追って、やっと灯台の下にたどりついた。

小さな頭をよぎったさまざまな思いはとっくにかき消え、いまあるのは恐怖《きょうふ》だけだった。あれくるう海への恐怖《きょうふ》。〈自転車小僧《こぞう》〉がどこかへ消えてしまうのではないかという恐怖《きょうふ》。

犬は灯台の下でうずくまっているハリドンを見つけると、いそいでそばへ行こうとした。だが、灯台を渦巻《うずま》いて吹《ふ》きつけてくる風には勝てなかった。

犬は地べたにはりついたまま、前にもうしろにも動けなくなった。

ハリドンは犬に気がつくと、手をのばして、ずぶぬれの、寒さにふるえている犬をひきよせた。

犬は意識《いしき》がもうろうとしていた。ずっと遠くで、まるで夢《ゆめ》を見ているときのように、ハリドンがつぶやくひとりごとが聞こえた。

「もっと早く気がつくべきだった。もっと早く……。なにもかも、おれのせいだ……」


ハリドンと犬がどれくらいの時間、灯台の下にいたのかわからない。おそらく、そう長い時間ではなかったろう。そうでなければ、ふたりとも凍《こご》えて、命さえ危《あや》うくなっていただろう。

だが、ふたりは無事だった。

ハリドンは無意識《むいしき》のうちにも、あるにおいを感じていた。風が弱まるたびに、つんと鼻をつくにおい……。

なんのにおいだろう。しばらくして、ハリドンにもようやくわかった。

〈船長〉の上着に何度もついていた、あのにおいだ。タールのにおい。火の消えた薪《まき》のにおい。〈船長〉の知りあいのだれかのにおい。ハリドンが一度も会ったことのない人のにおい。

ハリドンは、自分は幻《まぼろし》の中にいるのだと思った。だが、もう一度タールのようなにおいをかぐと、そうではないと確信《かくしん》した。

ハリドンは犬をジャケットの中に入れて抱《だ》きかかえ、そろそろと立ちあがった。すぐそばに、灯台の扉《とびら》がある。ハリドンは鼻を扉《とびら》のすきまに近づけた。においは、中からただよってきていた。

扉《とびら》は重そうだし、鍵《かぎ》がかかっているはずだ。けれども、とってをさげると、ガチャンと音がした。蝶番《ちょうつがい》にはよく油がきいていた。

ハリドンは、とってをにぎる手に力をこめた。風におされて、ひきあける扉《とびら》がもどされないように。そして中に入ると、しっかりとしめた。

しんと静まりかえった。灯台の分厚《ぶあつ》い壁《かべ》にさえぎられ、外の吹雪《ふぶき》は遠くで鳴っている雑音《ざつおん》にしか聞こえない。

さらにハリドンが驚《おどろ》いたのは、暖《あたた》かさだった。灯台には、だれかが住んでいるのだ。

天井《てんじょう》から、裸《はだか》電球がぶらさがっている。それがなければ、ここはただ白くて冷たいだけの印象をあたえる空間だろう。

片方《かたほう》の壁《かべ》にあけっぱなしのドアがあり、その奥《おく》にはらせん状《じょう》の階段《かいだん》が見える。

そのときまた、タールのようなにおいがハリドンの鼻をついた。

ハリドンは階段《かいだん》をのぼりはじめた。足が痛《いた》み、ジャケットの中に抱《だ》いているぬれた犬は重たいが、どちらも気にならなかった。

ただ、階段《かいだん》をのぼること。一段《だん》ずつ。目をらせんのカーブの先にむけて。壁《かべ》には、等間隔《とうかんかく》で電気がともっている。

灯台は高い。てっぺんには、なかなかたどりつけない。

ハリドンは半分ぐらいのぼったところで立ち止まり、少し休もうと手すりによりかかった。

犬はびくっとして、ジャケットのあいだから不安そうに顔をのぞかせた。「ここはどこ？」

「しっ」ハリドンはこたえた。

声が聞こえたのだ。かすかに。

いまのいままで、ハリドンはとくに希望を抱《いだ》いてはいなかった。というより、抱《いだ》く勇気がなかった。けれどもいま、胸《むね》のあたりがぴくっとふるえ、足の疲《つか》れが消えていくのを感じた。

ハリドンは、ふたたび階段《かいだん》をのぼりはじめた。

どこまでのぼっても、永遠《えいえん》におわらないような階段《かいだん》だが、ハリドンは一歩ふみだすたびに足を止めて、耳をそばだてた。

声は、しだいにはっきりとしてきた。

やがて、階段《かいだん》のいちばん上にたどりついた。そこは、階段《かいだん》のいちばん下と同じような空間だった。せまくて、白くて、殺風景《さっぷうけい》。だが、真ん中には黒くて大きな鉄製《てっせい》のストーブがあり、火がパチパチと燃《も》えている。

壁《かべ》に窓《まど》はなく、ドアがひとつあるだけだ。半開きのドアのむこうからは、温かみのある光がもれている。

ハリドンはドアに近づいた。心臓《しんぞう》が胸《むね》をつきやぶりそうなほど高鳴り、体が爆《ばく》発《はっ》しそうなほどふるえた。

中をのぞいた。犬もハリドンのジャケットから顔をつきだした。

ひろい部屋《へや》があった。窓《まど》が三方にある。

窓《まど》のむこうは吹雪《ふぶき》だが、部屋《へや》の中は穏《おだ》やかだ。壁《かべ》にそって本棚《ほんだな》がならび、その前に大きな機械がのった机《つくえ》が置いてある。機械のひとつからは、ガサガサとした無線の声が聞こえている。船同士が交信しているようだ。

部屋《へや》の真ん中には木でできた階段《かいだん》があり、さらに上の部屋《へや》へあがれるようになっている。上にはたぶん、灯台のレンズがあるのだろう。

階段《かいだん》のむこう側には、テーブルがひとつあり、その上に明かりがぶらさがっている。

人がふたり、テーブルをはさんですわっている。ふたりのあいだには、本が積んである。それから、ワインの瓶《びん》とグラスがふたつ。

ひとりは灯台守《とうだいもり》だろう。薄《うす》くなった頭、しわだらけの顔、サスペンダーのついた青いオーバーオール。低いが抑揚《よくよう》のある声で話しながら、表面がごつごつしたパイプから、ときどき煙《けむり》を吐《は》きだす。

タールと消えた薪《まき》がまじったようなにおいは、そのパイプの煙《けむり》のものだった。

そしてドアに背《せ》をむけているもうひとりは、〈船長〉だった。

ハリドンには、〈船長〉が遠い別世界にいるように見えた。

「……あれは北東の風が吹《ふ》いている夜だった」灯台守《とうだいもり》は話しつづけた。「ひどい嵐《あらし》でな。カールソンとおれは当直で、船倉からまっすぐマストへのぼった。考えてみてくれ。二百平方メートルの湿《しめ》った布《ぬの》が、秒速二十三メートルの強風をうけているんだぞ。なんとか帆《ほ》をたたんで、三日三晩《ばん》、ふらふらと航海をつづけた。そういうことは北大西洋では起こりうる。だが、船長は……。あの船長は、まだ若《わか》かった。あの男は四日目に……」

ハリドンは、そっとその場にすわりこんだ。かろうじて耳に届《とど》いた灯台守《とうだいもり》の言葉は、ハリドンの胸《むね》の中で鳴り響《ひび》いた。

しばらくのあいだ、ハリドンはその場にすわったままでいた。

そうこうしているうちに、ストーブの熱で服が乾《かわ》いた。

「中に入らないの？」犬が小声でハリドンにたずねた。

ハリドンは首を横にふった。〈船長〉が楽しい時間をすごしているのを、じゃましたくなかった。

体が温まると、ハリドンは睡魔《すいま》におそわれた。いまにも眠《ねむ》りそうになったが、ゆっくりと立ちあがると、階段《かいだん》をおりはじめた。

犬は、とぼとぼとあとをついてきた。

外に出ると、すでに雪はやみ、風も弱まっていた。

夜明けの淡《あわ》い光の中に、町が白く横たわっているのが見える。

「〈船長〉が灯台の上にいるって、どうしてわかったの？」突堤《とってい》を埠頭《ふとう》の方へもどっていきながら、犬はハリドンにたずねた。

「あてずっぽうさ」

すると犬はだまりこみ、ふたりはそのまま、埠頭《ふとう》の裏手《うらて》の建物がたちならぶあたりまで歩きつづけた。

そこでまた、犬はハリドンにたずねた。「ぼくが考えていたこと、わかる？

きみは、〈船長〉があの船といっしょに行ってしまったと……」

ハリドンは、なにもこたえなかった。

「でも、ちがったね」犬はかまわず話をつづけた。「きみたちは、友だちなんだもの。だったら、〈船長〉が友だちのきみを置いて、ひとりで行ってしまうなんて、考えてもみないよね？」

「ああ、そんなことは考えてもみなかったさ」ハリドンはこたえた。

13 エスペランサ

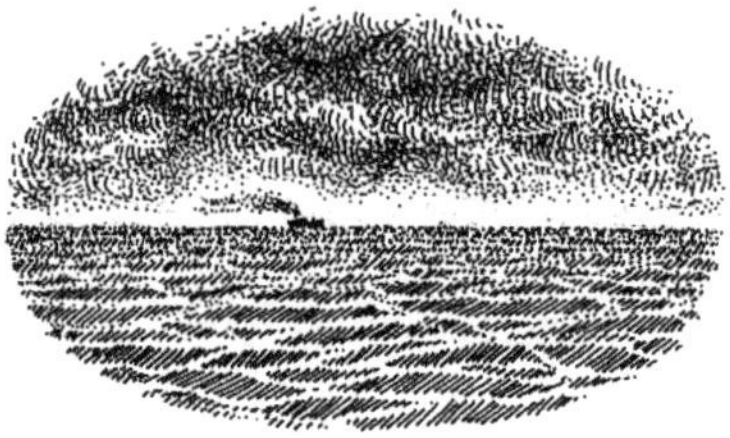

〈船長〉は、できるだけそっとドアをあけた。そして、できるだけそっとドアをしめた。

玄関《げんかん》でオーバーを脱《ぬ》ぎ、両手で耳をこすって温めてから、部屋《へや》に入った。

コンロの上の時計が九時をさしていた。灯台守《とうだいもり》がこんなに長々《ながなが》と、昔話をしたことはなかった。

ハンモックに目をやると、ハリドンが耳まで毛布《もうふ》をひきあげて眠《ねむ》っていた。〈船長〉は静かにそばに立って、驚《おどろ》いたようにハリドンを見つめた。

いつもなら、ハリドンはちょっとした物音でも目をさます。これほどまでに物音に敏感《びんかん》な人間を、〈船長〉はほかに知らなかった。

〈船長〉は流しへ行ってコップに水を一杯《ぱい》つぐと、自分もベッドに入って眠《ねむ》ろうかと考えた。実際《じっさい》、かなり眠《ねむ》かった。だが、いまは朝だ。朝食のしたくをしたほうがいい。

〈船長〉は紅茶《こうちゃ》をいれようと思い、やかんに水を入れはじめた。そのとき、窓《まど》ぎわのひじかけ椅子《いす》の上に、帽子《ぼうし》がのっかっているのが目に入った。

不思議なことがあるものだ。あの帽子《ぼうし》は、昨夜、公園に置き忘《わす》れてきたはずだが……。

さらに、〈船長〉はもっと不思議なものに気づき、やかんを置くと、ひじかけ椅子《いす》に近づいた。

帽子《ぼうし》の中で、小さな犬が体を丸めていたのだ。

犬はまん丸い目で、〈船長〉を見あげている。ひげにパンくずがついている。そばの皿には大きなソーセージがひとつ。

〈船長〉は犬を抱《だ》きあげた。それは、片手《かたて》のひらにのるほど小さな犬だった。こんなたよりない生き物は初めて見る。

〈船長〉は椅子《いす》に腰《こし》をおろすと、犬を膝《ひざ》の上にのせた。

犬は鼻を少しふるわせながら、目をそらすことなく、じっと〈船長〉を見つめつづけた。

〈船長〉は、片手《かたて》で犬の骨《ほね》ばった背中《せなか》をなではじめた。

とたんに、犬は満足そうに目を閉《と》じた。

「ほう、そういうことか」〈船長〉は静かに笑った。それから、ベランダのドアの横にだしっぱなしにしていた木箱の双眼鏡《そうがんきょう》に手をのばした。片手《かたて》はずっと犬の背《せ》をなでながら、〈船長〉はこの部屋《へや》のたったひとつの窓《まど》から、双眼鏡《そうがんきょう》で海をながめた。

重い雲の下にひろがる海は、鉛色《なまりいろ》だ。だが水平線の彼方《かなた》に、ひと筋《すじ》の青い空が見える。今日はいい天気になるだろう。風はまだ強いだろうが。白い波頭《なみがしら》をたたえて、波が打ちよせているぞ。はるか沖《おき》では、風にむかって船がゆらゆらと遠ざかっていく。あれは貨物船だ。夜明けとともに、港を出ていったのだから。エスペランサ号だろうか……。

〈船長〉はそこまで考えると、双眼鏡《そうがんきょう》をおろし、あらためて犬に目をやった。

「おまえ、名前はあるのか？」

犬は目を閉《と》じている。眠《ねむ》っているようだ。

「これからここで暮《く》らすなら、名前がないといけないぞ。な、そうだろ？」〈船長〉はやさしく犬に話しかけた。「エスペランサはどうだ？　おまえみたいなチビ犬には、ちょっとかっこよすぎるか？」

すると、犬は一瞬《いっしゅん》目をあけ、満足そうな顔をした。そして、それからすぐにまた目を閉《と》じ、眠《ねむ》りに落ちていった。

訳者《やくしゃ》あとがき

初めて原書を読んだとき、これは訳《やく》してみたい作品だと思った。作者ヴェゲリウスの硬質《こうしつ》で淡々《たんたん》とした文体に惹《ひ》かれたせいもあったが、物語の持つ独特《どくとく》な世界に、もっと深く足を踏《ふ》み入れたくなったのだ。

曲芸師《きょくげいし》の少年ハリドンは、北の国の港町に〈船長〉とふたりで暮《く》らしている。〈船長〉はハリドンのただひとりの友だちであり、心を許《ゆる》せる父親のような人。その〈船長〉がある晩《ばん》、夜ふけになっても帰ってこない。ハリドンは不安にかられ、〈船長〉をさがしに夜の町へとびだす。〈船長〉の行きつけのジャズバー、公園、広場とたどっていくうちに、途中《とちゅう》、小さな犬と出会い、事態《じたい》は思わぬ方向へ展開《てんかい》する――。

作品に描《えが》かれるのはたったひと夜のできごとなのだが、そこには登場人物たちの実にさまざまな人生が凝縮《ぎょうしゅく》されている。主人公のハリドン、飼《か》い主《ぬし》のいない犬、バーのマダムのエッラ、カジノの男、犬をつかまえる男、そして元船乗りの〈船長〉……。共通して言えるのは、彼《かれ》らがみな孤独《こどく》を抱《かか》え、夢《ゆめ》を追い、挫折《ざせつ》を知り、乾《かわ》いた心になにかしらのうるおいを求めていることだ。乾《かわ》いた心をうるおしてくれるもの、その究極にあるのは人と人とのふれあいであり、愛と信頼《しんらい》に支《ささ》えられた友情《ゆうじょう》であることを、物語は示唆《しさ》しているように思える。

原書（原題〝Esperanza《エスペランサ》〟初版《しょはん》一九九九年）は、作者が文章、挿絵《さしえ》、デザインのすべてを自ら手がけた三作目にあたる。スウェーデンの夕刊紙《ゆうかんし》『エクスプレッセン』では、その年のもっともよかった子どもの本に選ばれた。

現代《げんだい》の作品でありながら、どこかなつかしく、不安な翳《かげ》をひきずりながら、読後にはひと握《にぎ》りのさわやかさが残る。そんな一冊《さつ》に日本語版《ばん》も仕上がっていれば、訳者《やくしゃ》としてはとてもうれしい。

二〇〇七年八月　　　　菱木晃子

作者：**ヤコブ・ヴェゲリウス**　Jakob Wegelius

1966年、スウェーデン第2の都市である港町ヨーテボルイに生まれる。

ストックホルムにある国立芸術工芸デザイン大学（コンストファック）で学ぶ。

1994年、作家デビュー。

「作品のインスピレーションの源は、トーヴェ・ヤンソンの『ムーミン』にある」と語る。ストックホルム在住。

訳者：**菱木晃子**（ひしき・あきらこ）

1960年、東京生まれ。慶應義塾大学卒業。

現在、北欧を中心に児童書の翻訳を多数手がける。

主な訳書に『ニルスのふしぎな旅』（福音館書店）、『セーラーとペッカ、町へいく』（偕成社）、『おじいちゃんがおばけになったわけ』（あすなろ書房）など。

曲芸師ハリドン
2007年8月30日　初版発行
2012年4月30日　5刷発行

作者　ヤコブ・ヴェゲリウス
訳者　菱木晃子
発行所　あすなろ書房
〒162-0041　東京都新宿区早稲田鶴巻町551-4
電話　03-3203-3350（代表）
発行人　山浦　真一
装丁　桂川　潤
印刷所　佐久印刷所
製本所　ナショナル製本
 ISBN978-4-7515-1908-0　NDC949　Printed in Japan